ACTIVITIES MANUAL

REFLEJOS

Joy Renjilian-Burgy
Wellesley College

Susan M. Mraz
University of Massachusetts, Boston

Ana Beatriz Chiquito
Massachusetts Institute of Technology
University of Bergen, Norway

Verónica de Darer
Wellesley College

Contributing Writers

Mary-Anne Vetterling
Regis College

Jill Syverson-Stork
Wellesley College

HOUGHTON MIFFLIN COMPANY   BOSTON   NEW YORK

Publisher: Rolando Hernández
Sponsoring Editor: Van Strength
Development Manager: Sharla Zwirek
Editorial Assistant: Erin Kern
Project Editor: Harriet C. Dishman/Michael Packard — Elm Street Publications
Manufacturing Manager: Florence Cadran
Senior Marketing Manager: Tina Crowley Desprez
Associate Marketing Manager: Claudia Martínez

Illustrations   All illustrations by Anna Veltfort; map on p. 29 by Patti Isaacs.

Photos   Page 55: Luis Azanza / El País Internacional; p. 65: *La Tauromaquia Series* by Francisco Goya y Lucientes, etching, circa 1815, © SuperStock; p. 78: Commissioned by the Trustees of Dartmouth College, Hanover, New Hampshire; p. 81: © Richard Smith / Corbis; p. 84: Carlos Alvarez / Getty Images; p. 95 (left): Everett Collection; p. 95 (right): Warner Bros. / Courtesy: Everett Collection; p. 103: Digital Image © The Museum of Modern Art / Licensed by SCALA / Art Resource, NY, and © 2004 Estate of Pablo Picasso / Artists Rights Society (ARS), New York; p. 117: Schalkwijk / Art Resource, NY; El Greco, *Vista de Toledo*. The Metropolitan Museum of Art, H. O. Havemeyer Collection, Bequest of Mrs. H. O. Havemeyer, 1929. Photograph © 1992 The Metropolitan Museum of Art; p. 133: Courtesy of Professor Norman Hammond / Boston University; p. 145: Fabian Simón / Archivo-*ABC*; p. 153: Erich Lessing / Art Resource, NY; p. 167: With thanks to Julian Rothstein; p. 188 (left): Museu Picasso, Barcelona / Index / Bridgeman Art Library, London / SuperStock and © 2003 Estate of Pablo Picasso / ARS, New York; p. 188 (right): © 2004 Salvador Dalí, Gala-Salvador-Dalí Foundation / ARS, New York, and Museo Nacional Centro de Arte Reina Sofía Photographic Archive, Madrid; p. 199: Marjorie Agosín, *Tapestries of Hope, Threads of Love* © 1996, University of New Mexico Press.

Text   Page 55: "Tres heridos graves en el primer encierro de los sanfermines" from *El País*, July 8, 2002, p. 1. Copyright © 2002 Diario El País, S.L; pp. 69–70: From *Vanidades*, Año 37, No. 23, November 4, 1997, p. 38. Copyright © 1997 by Editorial Televisa. Reprinted by permission; p. 79: Permission granted by Cecilia P. Burciaga (widow); p. 81: From *Vanidades continental*, Año 38, No. 20, September 22, 1998, p. 34. Copyright © 1998 by Editorial Televisa. Reprinted by permission; p. 92: "Balada de los dos abuelos" by Nicolás Guillén. Reprinted by permission of Herederos de Nicolás Guillén and Agencia Literaria Latinoamericana, Havana, Cuba; p. 95: "Puente a la eternidad" from *People en español*, Agosto de 2000, p. 98. Copyright © 2000 by Time, Inc. Reprinted by permission; p. 104: "Oda a Francisco," by Fray Luis de León, as seen in *Poesía original*; pp. 107–108: From *Vanidades*, Año 39, No. 14, p. 31. Copyright © 1999 by Editorial Televisa. Reprinted by permission; p. 118: "Oda a la alcachofa" by Pablo Neruda. © Pablo Nuruda and Fundación Pablo Neruda. Reprinted by permission of Agencia Literaria Carmen Balcells, S.A; p. 121: "El lobo fino" from *National Geographic en español*, June 2001. Reprinted by permission of the National Geographic Society; p. 130: "Volverán las oscuras golondrinas," by Gustavo Adolfo Bécquer, as seen in *Rimas y leyendas*, ed. Carmen Ruíz Barrionuevo, © 1977; p. 133: "Desentierran misterios mayas" from *National Geographic en español*, April 2001. Reprinted by permission of the National Geographic Society; pp. 145–146: "Me voy a morir" from *ABC*, July 1, 2002, p. 28, Reprinted by permission of Alianza Editorial SA; p. 148: "La estrella de la oficina" and "Reglas de conducta" from *Latina* August 2002, p. 86. Copyright © 2002 by Latina Magazine; p. 154: "Letrilla satírica" by Francisco de Quevedo. Reprinted by permission of Editorial Castalia, SA, Madrid; pp. 157–158: From *Vanidades continental*, Año 37, No. 6, March 11, 1997, p. 36. Copyright © 1997 by Editorial Televisa. Reprinted by permission; p. 168 "Un día de éstos" from LOS FUNERALS DE LA MAMA GRANDE by Gabriel García Márquez. Copyright © 1962 by Gabriel García Márquez. Used by permission of Agencia Literaria Carmen Balcells, S.A; p. 171: From *The Days of the Dead* by Rosalind Rosoff Beimler and John Greenleigh. Copyright © 1991 by Rosalind Rosoff Beimler and John Greenleigh. Reprinted by permission; p. 172: "La llorona" from *The Corn Woman: Stories and legends of the hispanic Southwest*. Retold by Angel Vigil, Transl. by Jennifer Audrey Lowell and Juan F. Marin. Copyright © 1994. Reproduced with permission of Greenwood Publishing Group, Inc. Westport Ct; p. 179: "El eclipse" by Augusto Monterroso from *Augusto Monterroso: Cuentos*. Copyright © 1999. Madrid: Alianza Editorial, 1999; p. 181: "Primeros Pasos de Nuevos Poetas" by Contreras et al., from *El País*, July 6, 2002, p. 10. Copyright © 2002 Diario El País, S.L; p. 189: "La señorita Julia" by Ana Cortesí-Jarvis from *Aventuras literarias*. Copyright © 1983 by D. C. Heath and Company. Reprinted by permission of Houghton Mifflin Company; p. 193: "Detenidas varias bandas de ladrones", from *El País*, June 30, 2002, p. 5. Copyright © 2002 Diario El País, S.L.

Copyright © 2004 by Houghton Mifflin Company. All rights reserved.

No part of this work may be reproduced or transmitted in any form or by any means, electronic or mechanical, including photocopying and recording, or by any information storage or retrieval system without the prior written permission of Houghton Mifflin Company unless such copying is expressly permitted by federal copyright law. Address inquiries to College Permissions, Houghton Mifflin Company, 222 Berkeley Street, Boston, MA 02116-3764.

Printed in the U.S.A.

ISBN: 0-618-81546-0

123456789-B-07 06 05 04 03

Contents

Preface

Welcome to the *Reflejos* Activities Manual, where you will have many opportunities to practice the vocabulary and grammar from your textbook while you enjoy additional information on culture, art, literature, and film of the Spanish-speaking world. Each of the twelve chapters of the Activities Manual is divided into two main sections: the Workbook and the Lab Manual. In addition, the Supplementary Material section provides **Autopruebas**, a series of quick self-tests, and coordinating lists of related materials to complement learning/teaching resources in *Reflejos*. These lists include references to films and other cultural items mentioned in the Activities Manual and that coordinate with the twelve lessons of the *Reflejos* textbook. In the back of the Activities Manual you will find an Answer Key to the **Autopruebas** self-tests.

The Lab Manual

The *Reflejos* Lab Manual section was designed to enrich your study of Hispanic, Latino and indigenous cultures of the Spanish-speaking world while developing increased fluency in the Spanish language. In each chapter of the Activities Manual, the Lab Manual section is coordinated with the Workbook section and contains activities that correspond to the chapters of your *Reflejos* textbook. Each Lab section begins with a review of active vocabulary presented in that lesson in order to promote assimilation and correct usage. Corresponding to the structures and functions presented in the **Lengua** sections of the *Reflejos* text, listening, speaking and writing activities follow. In each case, the Lab activity is designed to provide additional linguistic practice in a cultural context: to reinforce patterns of usage, further develop oral fluency and refine aural comprehension. Dialogues between native speakers, excerpts and summaries from news articles and magazines, as well as literary and cultural realia on the Lab Manual CD, provide authentic oral immersion experiences, exposing you to the variety of accents, idiomatic expressions and cultural traditions that comprise the richness of Spanish spoken throughout the world.

The Workbook

Each chapter of the Workbook section is divided into three main parts: **Temas y contextos, Lengua,** and **Expansión.** These have been coordinated with your textbook so that you can do written activities as you complete each section of your text. Part I (**Temas y contextos**) of each Workbook chapter opens with a reading (**Lectura**) from an Hispanic newspaper or magazine that expands on the theme of the chapter. Next you have **Vocabulario,** which practices the vocabulary section at the beginning of each chapter in your textbook. **Cultura** follows as an additional reading related to the theme of your chapter. Part II (**Lengua**) is in three parts with approximately three activities each. This provides written practice based on the structures presented in that chapter. Part III (**Expansión**) consists of readings and activities on **art** and **literature.** You will learn more about famous artists and writers from various areas of the Hispanic world, spanning many centuries. Some of the authors have won Nobel Prizes in literature.

Supplementary Materials

This section contains a self-test (**Autoprueba**) for each chapter. This **Autoprueba** is designed to provide a quick written check of your mastery of the vocabulary and structures of the lesson. You can check your own work by using the Answer Key to the **Autopruebas** in the back of the Activities Manual.

This section also has a list of related **Películas** and accompanying exercises that coordinate with each lesson of *Reflejos*. You will also find some reference lists of additional films, music, and other cultural materials to supplement your course.

Tips for using the Reflejos Activities Manual

To maximize your learning and enjoyment of the material in the Activities Manual, we suggest the following:

- Briefly review the discussion of grammatical structures and functions in each **Lengua** section of the *Reflejos* text before completing the corresponding Activities Manual activity.

- With the Workbook reading selections, read for the general meaning of the passage and then use the questions to guide your comprehension.

- Have your *Reflejos* textbook, along with your Activities Manual, wherever you will be listening to and completing the activities for both the Workbook and Lab Manual sections.

- Listen to the passage on the CD as many times as you need to in order to complete each activity.

- If an activity requires an oral response, try to mimic the intonation of the speaker as closely as possible. Have fun trying to sound as authentic and accurate as you can!

- As repetition is a valuable language learning technique to help you internalize new structures and develop fluid expression in Spanish, when you are instructed to repeat, vocalize each sound, trying not to look at the written text. As you diminish your dependency on the written word in order to decipher meaning, your listening and speaking skills should improve dramatically.

- While you use this Activities Manual, reflect on the many themes raised throughout.

Acknowledgments

The authors would like to express our gratitude to Marisa Garman, whose excellent editorial skills, versatile suggestions, humor and patience generously supported our production of this Activities Manual. We are grateful to Sharla Zwirek for her editorial advice and guiding support during the creation of this Activities Manual. Sincerest appreciation to Harriet C. Dishman of Elm Street Publications for her precision, patience, and support in the production stages of this project. To Jill Syverson Stork, we extend our heartfelt thanks for her creative assistance on the Activities Manual; and to Mary-Anne Vetterling, our deepest appreciation for her many contributions on this and other components of the *Reflejos* project.

J.R-B., S.M.M., A.B.C., V.de D.

LAB MANUAL

Capítulo 7

P A S A D O
Y P R E S E N T E

VOCABULARIO

Actividad 1: Familias de palabras. You will hear a series of sentences. Each sentence contains at least two vocabulary words from the same word family. The sentence will be repeated. Then choose the infinitive related to the vocabulary words in that sentence from the list below. Write the infinitive in the space provided.

Ejemplo:

Escuchas...   El *inventor* nos mostró una *invención* genial.
Ves...   ocupar   inventar   elaborar
Escribes...   *inventar*

Vocabulario

adivinar   crear
conquistar   cultivar
construir

1. _____   4. _____

2. _____   5. _____

3. _____

Actividad 2: Las civilizaciones antiguas. You will hear a series of sentences. Listen to each sentence and circle the word you hear. For additional practice, repeat the complete sentences after the speaker.

1. En su (**apoplejía / apogeo / aporte**), Tenochtitlán era una de las ciudades más impresionantes del mundo.

2. Los mayas adoraban (**dehesas / deidades / delegadas**) relacionadas con su cosmovisión.

3. Debido a un gran esfuerzo de conservación, las (**ruanas / ruinas / ruedas**) de los incas sirven como testimonio de la grandeza de su civilización.

4. No es fácil descifrar el significado de los símbolos en los (**códigos / códices / codornices**) de los mayas.

5. Un avanzado conocimiento astronómico y matemático fue necesario para crear un (**calambre / calidoscopio / calendario**).

Copyright © Houghton Mifflin Company. All rights reserved.

LENGUA

Lengua 1: Progressive tenses

Actividad 3: La familia Argensola. Just as the ancient Americas were comprised of many indigenous cultures, so too Spain has its historical roots in many ancient civilizations. Listen to the passage about the Argensola family from Soria, Spain, as they prepare to go on a picnic to their favorite historical spot: the ancient Roman town of Medinaceli with its magnificent gorges along the Río Jalón. The parents are packing the picnic (*una merienda*) while the rest of the family makes other preparations. Study each picture. Listen to the questions, which will be repeated. Using the present progressive, write your answers in the spaces provided under each picture. Listen and repeat as the correct answer is given.

Paco Millán, el esposo de Maruca, con su hija

Ejemplo:

Escuchas...	¿Qué está viendo Paco?
Escribes...	*Está viendo el mapa.*
Oyes y repites...	*Está viendo el mapa.*

1. Juan

_____

2. Maruca y su hija

_____

3. los padres Argensola

_____

4. Rodrigo

_____

Copyright © Houghton Mifflin Company. All rights reserved.

Actividad 4: La familia Argensola confirma sus actividades del día.   Listen to the follow-up question about each member of the Argensola family engaged in an activity. The question will be repeated. Using object pronouns, respond in the affirmative and write your response below. Repeat the correct response after the speaker.

> **Ejemplo:**
> Escuchas...   Paco, ¿está viendo el mapa?
> Escribes...   *Sí, está viéndolo.*
> Oyes y repites...   *Sí, está viéndolo.*

1. _____

2. _____

3. _____

4. _____

Lengua 2: Perfect tenses (indicative)

Actividad 5: La familia Argensola: Un día de encuentro con el pasado.   In Rodrigo's book he finds an intriguing passage about the history of the region in Spain that they will see on their trip today. Listen to Rodrigo's reading of the passage as many times as you wish and circle the places you hear identified on the map. Study the following vocabulary words before you begin.

Nuevas palabras

Castilla y Aragón   *two provinces of Spain, formerly ancient kingdoms*

la cima de una meseta   *the top of a plateau*

las minas de sal   *salt mines*

los moros   *the Moors*

la Península Ibérica   *Iberian Peninsula (Spain)*

peñones y cañones   *high cliffs and deep gorges*

la Reconquista   *the reconquest of Spain*

las ruinas romanas   *Roman ruins*

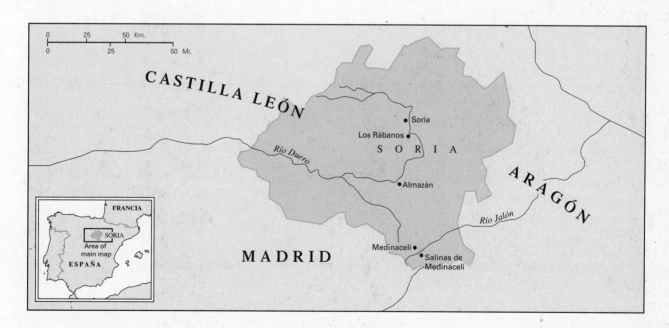

Copyright © Houghton Mifflin Company. All rights reserved.

Actividad 6: ¿Qué habrán visto los Argensola hoy?   You will hear a series of questions about the segment on the Soria region. Imagine what the members of the Argensola family have experienced today. Answer the questions in the affirmative using the future perfect. Then repeat the correct response after the speaker.

Ejemplo:

Escuchas...	Los Argensola, ¿condujeron con cuidado por las montañas?
Escribes...	Sí, *habrán conducido* con cuidado por las montañas.
Escuchas y repites...	*Sí, habrán conducido con cuidado por las montañas.*

1. Sí, _____ de viaje temprano.

2. Sí, en Los Rábanos _____ del coche para ver el lindo lago.

3. Sí, la hija de Maruca _____ en las aguas cristalinas del

   lago.

4. Sí, en Almazán Maruca y Rodrigo _____ las ruinas

   romanas.

5. Sí, la familia Argensola _____ el camino del Río Jalón.

6. Sí, los Argensola _____ lagos y bosques, ríos y peñones en

   el camino.

7. Sí, Rodrigo _____ su libro sobre España para comprender

   la historia de esta zona.

8. Sí, los padres _____ las ruinas de los moros en Salínas

   de Medinaceli.

9. Sí, Paco _____ su mapa para encontrar los sitios históricos

   de la ruta.

10. Sí, todos ellos _____ sobre el pasado romano y moro del

    pueblo.

   Copyright © Houghton Mifflin Company. All rights reserved.

Lengua 3: Prepositions

Actividad 7: "Soria es la bien cantada."   With her rich history and natural beauty, the town of Soria has inspired poets and writers since medieval times. In the 20th century, Soria was immortalized by the Spanish poet Antonio Machado. In her ancient ruins—Visigothic, Roman, and Moorish—Machado saw the spiritual soul of all Spain. Read along as you listen to the poem and then complete the comprehension exercise that follows in *Actividad 8*.

Campos de Soria

¡Soria fría, Soria pura,	
cabeza de Extremadura°,	*western region of Spain, bordering Portugal*
con su castillo guerrero	
arruinado°, sobre el Duero°;	*in ruins / the Duero river*
con sus murallas roídas°	*corroded, eaten by time*
y sus casas denegridas°!	*denigrated, in decay*
¡Muerta ciudad de señores°,	*noblemen*
soldados o cazadores°;	*hunters*
de portales con escudos°	*portals crowned by family crests*
de cien linajes hidalgos°,	*noble lineages*
de galgos° flacos y agudos,	*greyhounds (dogs associated with nobility)*
y de famélicos° galgos,	*famished*
que pululan° por las sórdidas callejas,	*swarm*
y a la medianoche ululan°,	*ululate, howl*
cuando graznan las cornejas°!	*the crows caw*
¡Soria fría! La campana	
de la Audiencia° da la una.	*the clock tower*
Soria, ciudad castellana	
¡tan bella! bajo la luna.	

Copyright © Houghton Mifflin Company. All rights reserved.   Capítulo 7   **31**

Actividad 8: Los campos de Soria.   Complete the paragraph with prepositions from the list below. Then listen to the complete paragraph to check your work.

Vocabulario

bajo	dentro de	durante	según
con	desde	por	sobre

(1.) _____ Antonio Machado, Soria es una ciudad de mucha belleza.

Tiene un castillo (2.) _____ el Duero. (3.) _____ la

ciudad, hay casas muy viejas (4.) _____ escudos de hidalgos en los portales.

(5.) _____ las calles, (6.) _____ la noche, los galgos ululan

y las cornejas graznan. La campana (7.) _____ la Audiencia da la una y el

poeta canta su visión de esta antigua ciudad, de noche, (8.) _____ la luna.

Copyright © Houghton Mifflin Company. All rights reserved.

Capítulo 8

NEGOCIOS Y FINANZAS

VOCABULARIO

Actividad 1: Mujeres y hombres en el ámbito profesional. You will hear five speakers talk about their employment. Listen to each segment, then summarize what the speaker has said by filling in the blanks. Listen to the completed summary to check your work. Study the word bank below before you begin.

Vocabulario

los anuncios clasificados	el/la empresario/a	la solicitud
el apoyo técnico	la entrevista	el sueldo
las artes gráficas	la licenciatura	el tiempo completo
el/la aspirante	el mercado	el tiempo parcial
el/la consultor/a	la meta	el/la webjefe/a

1. Ana Pozo llega del trabajo, guarda las compras y empieza a ordenar la casa. Como tiene niños pequeños, no trabaja _____ sino _____. Sin embargo, se siente orgullosa porque su _____ ayuda mucho a la familia.

2. José Salinas de Salazar pertenece a la Asociación de _____ Montevideños. Tiene una pequeña empresa independiente, un restaurante, y su _____ profesional es abrir un segundo restaurante en otro barrio de Montevideo, Uruguay.

3. Ymelda Salas recibió su _____ en relaciones públicas. Trabaja con un periódico en Buenos Aires, Argentina y se encarga de la sección de _____. Por lo tanto, Ymelda está muy enterada del estado del _____. Desde su casa también trabaja de _____, ayudando a mucha gente con la búsqueda de empleo.

4. Rafael Ochoa vino a Puerto Rico después de terminar la carrera en _____ en Lima, Perú. Con sus habilidades artísticas y su talento como diseñador, ahora trabaja con las oficinas de Citibank en San Juan como _____. Recibe mucho _____ de varias compañías de computadoras asociadas con el banco.

Copyright © Houghton Mifflin Company. All rights reserved.

5. Josefa Álvarez de Ulloa todavía no tiene trabajo pero es una de las _____

para un puesto de trabajo que se ofrece en el Centro Biológico Molecular de la Universidad

Autónoma de Madrid. Ha llenado una _____ y espera tener una

_____ la semana que viene.

LENGUA

Lengua 1: Special uses of definite articles

Actividad 2: Una verdadera vocación. You will hear a narration about two doctors, a husband and wife, who run a clinic in Santo Domingo. As you listen, fill in the missing definite articles. If no article is needed, leave it blank. The passage will be repeated so that you can check your work.

_____ doctora Laura Pérez de Carvajal es de _____ República Dominicana. Estudió

_____ medicina en _____ Universidad de Santo Domingo. Su esposo, _____ doctor Raúl

Pérez, es d_____ Uruguay. _____ médicos se conocieron en _____ universidad.

Todos _____ días _____ médicos salen de su casa a _____ siete de _____ mañana.

Dejan a _____ hijos en _____ guardería cerca de su casa y se van para la clínica. _____ salud

de sus pacientes es muy importante, y _____ doctores son muy dedicados a su profesión. Leen

_____ artículos y asisten a _____ conferencias a menudo para estar al tanto de _____

descubrimientos y _____ avances en su especialidad. También, _____ computadoras son

esenciales en su trabajo. Mediante _____ tecnología, pueden mantenerse en contacto con otros

médicos y archivar información sobre sus pacientes.

_____ fines de semana, Raúl y Laura pasan tiempo con sus hijos y con _____ familia.

Son aficionados a_____ béisbol y en sus ratos libres, les encanta ver _____ partidos d_____

equipo nacional. _____ agua d_____ mar caribeño también es una fuente de _____ diversión.

Van a _____ playa todos _____ domingos para nadar, comer y jugar con los niños.

   Copyright © Houghton Mifflin Company. All rights reserved.

Lengua 2: Perfect tenses (subjunctive)

Actividad 3: ¿Dónde está la convidada de honor? Two friends, Lupe and Gracia, are waiting in a restaurant to celebrate the birthday of Magdalena, the guest of honor. Listen to the dialogue as many times as you wish. Then jot down examples of the use of perfect tenses that you hear.

_____   _____   _____

Actividad 4: ¿Verdadero o falso? Listen to the statement. Based on what you hear, circle **Verdadero** if the statement is true or **Falso** if the statement is false.

1. Verdadero   Falso   6. Verdadero   Falso

2. Verdadero   Falso   7. Verdadero   Falso

3. Verdadero   Falso   8. Verdadero   Falso

4. Verdadero   Falso   9. Verdadero   Falso

5. Verdadero   Falso   10. Verdadero   Falso

Actividad 5: La fiesta de Magdalena: Confirmando nuestra información. Study the items below and circle the expression that best completes each sentence. Finish the activity by listening to the CD to confirm your answers. Repeat the complete sentences after the speaker. Each sentence will be read twice.

1. Las amigas de Magdalena _____

   a. sienten que ella no haya llegado a la fiesta todavía.

   b. sienten que no hayan venido a la fiesta todavía.

2. Las amigas temen que Magdalena _____

   a. no haya recibido la invitación.

   b. no ha recibido la invitación.

3. Dudan que los padres de Magdalena _____

   a. le hayan dado el mensaje.

   b. se hayan olvidado de darle el mensaje.

4. Magdalena siente _____

   a. haber llegado tarde a la fiesta.

   b. no haber llegado a la fiesta.

5. Magdalena espera que sus amigas _____

   a. hayan gastado mucho en los regalos.

   b. no hayan gastado mucho en los regalos.

Copyright © Houghton Mifflin Company. All rights reserved.

Actividad 6: El becario en Machu Picchu. One important source of income for graduate students in the Spanish speaking world is funding from research fellowships sponsored by government or private agencies. Listen and read along as Ángela sends an e-mail to Francisco, another **becario** (*research fellow* or *grant recipient*) who has just received funding to work at an excavation and preservation site in Machu Picchu, Peru. Underline the forms of the present perfect subjunctive that you see and hear.

Francisco, ¡me alegro de que se haya cumplido tu sueño de visitar el Perú! ¡Es magnífico que hayas publicado tu estudio sobre los incas! Confío en que tus compañeros hayan llegado bien. Espero que no hayan tenido dificultades en el viaje y que hayan conseguido permiso oficial para trabajar en el sitio del templo en Machu Picchu. ¡Deseo que hayas tenido la oportunidad de ponerte en contacto con los otros arqueólogos en Cuzco! Estoy contenta de que hayas sacado fotos digitales de los objetos de artesanía en el museo durante tu estancia en el Perú. Te manda un cordial abrazo y muchas felicidades,

Ángela

Actividad 7: Ahora en el pasado. Now repeat each statement based upon Ángela's letter in *Actividad 6*. Then, following the cue, change the sentence to the past using the past perfect subjunctive and write down the correct form of the verb. Repeat the completed sentence after the speaker.

Ejemplo:

Escuchas... Ángela espera que Francisco haya conseguido permiso oficial.

Repites... Ángela espera que Francisco haya conseguido permiso oficial.

Ves y escribes... Ángela esperaba que Francisco *hubiera conseguido* permiso oficial.

Oyes y repites... *Ángela esperaba que Francisco hubiera conseguido permiso oficial.*

1. Ángela se alegraba de que Francisco _____ su sueño de visitar el Perú.

2. Ángela confiaba en que los compañeros _____ bien.

3. Ángela esperaba que los colegas no _____ dificultades en el viaje.

4. Ángela deseaba que Francisco _____ en contacto con los otros arqueólogos en Cuzco.

5. Su colega estaba muy contenta de que Francisco _____ fotos digitales de los objetos de artesanía en el museo.

Actividad 8: Latinos en las estrellas. The following news clip appeared in a recent issue of *La revista Cristina*, the magazine spin-off created by the very popular television talkshow host, Cristina Saralegui. First listen to the passage. Then listen to the statements and respond by circling **Sí**, if you agree, or **No**, if you disagree. The passage will be repeated for you to check your answers.

1. Sí   No   4. Sí   No

2. Sí   No   5. Sí   No

3. Sí   No   6. Sí   No

Capítulo 9

SALUD
Y BIENESTAR

VOCABULARIO

Actividad 1: Cómo reducir el estrés. A recent article in *Selecciones* (*Reader's Digest in Spanish*) provided tips for reducing stress during holidays and family gatherings. You will hear a summary of the article, then five questions based upon the article. Each question will be repeated. Circle the most appropriate answer to each question.

1. a. mucha basura
   b. mucho estrés
   c. mucha contaminación

2. a. compras y gastos
   b. fiebres y jaquecas
   c. pereza y flojera

3. a. el bienestar
   b. la pérdida de peso
   c. la fatiga

4. a. levantar pesas
   b. relajarte
   c. tomar la presión arterial

5. a. padecer de una enfermedad
   b. guardar reposo
   c. ser flexible y preparar cosas por adelantado

6. a. comprar regalos
   b. preparar la comida
   c. ver a ciertas personas

Actividad 2: ¿Verdadero o falso? Now listen to the summary again and listen to a series of statements. Circle **Verdadero** if what you hear is true, and **Falso** if it is false. Each statement will be repeated.

1. Verdadero   Falso
2. Verdadero   Falso
3. Verdadero   Falso
4. Verdadero   Falso
5. Verdadero   Falso

6. Verdadero   Falso
7. Verdadero   Falso
8. Verdadero   Falso
9. Verdadero   Falso
10. Verdadero   Falso

Copyright © Houghton Mifflin Company. All rights reserved.

LENGUA

Lengua 1: Por y para

Actividad 3: ¡Curas instantáneas! You will hear two short segments based upon *Remedios rápidos para problemas comunes de salud*, published by *Prevention Magazine Health Books in Spanish*. The segments discuss common ailments—eye fatigue and insomnia—and recommend simple tips for quick cures. Study the vocabulary lists before listening to the segments. Then study the paragraphs below based upon the segments and fill in the blanks using **por** or **para**. Listen to the complete paragraphs a final time to check your work.

Primera parte: La fatiga visual

Vocabulario

la pantalla   *screen*   el polvo   *dust*
parpadear   *to blink*

Es común sentir los efectos de la fatiga visual cuando nos sentamos a trabajar frente a la compu-

tadora (**1.**) _____ mucho tiempo. (**2.**) _____

evitar los síntomas de fatiga visual, limpia el polvo de la pantalla. Tus ojos tendrán que

trabajar el doble (**3.**) _____ ver la pantalla a través del polvo.

(**4.**) _____ lo general, debes quitar la vista de la pantalla y mirar

(**5.**) _____ aquí y (**6.**) _____ allí en el cuarto.

(**7.**) _____ fin, si miras la pantalla (**8.**) _____

períodos prolongados, es bueno parpadear. Este simple hecho es suficiente

(**9.**) _____ reenfocar y descansar los ojos mientras trabajas.

Segunda parte: El insomnio

Vocabulario

apacible   *pleasant*   la píldora   *pill*
el bocadillo   *snack*   recobrar   *to recover*

(**10.**) _____ muchas razones, a veces es difícil dormir. Es probable que usted

haya dormido una siesta (**11.**) _____ la tarde, o que se haya levantado

tarde (**12.**) _____ la mañana, y que por esto se le dificulte el sueño. Pero,

según los investigadores, hay algunas cosas que puede hacer (**13.**) _____

recobrar el sueño. (**14.**) _____ lo visto, las personas que tienen un día

activo, duermen mejor. También los carbohidratos producen un efecto tranquilizador en el cuerpo.

(**15.**) _____ lo tanto, un bocadillo puede servir como una píldora

(**16.**) _____ el sueño. Si quiere relajarse (**17.**) _____

completo, no hay nada mejor que imaginarse que está en un lugar apacible, lejos de todas las preocu-

paciones. (**18.**) _____ descansar mejor, siga estas sencillas recomendaciones.

         Copyright © Houghton Mifflin Company. All rights reserved.

Lengua 2: *Si* clauses

Actividad 4: Remedios caseros.   You are a big believer in home remedies so your friends ask you what you would do if you were to become sick. You will listen to a series of questions. Answer them by writing in the correct verb form using a **si** clause to express your home remedy solution to the hypothetical condition. To check your work, repeat the complete sentence after the speaker.

Ejemplo:
Escuchas...   Si tuvieras catarro, ¿qué harías?
Escribes...   Si *tuviera* catarro, *tomaría* sopa de pollo.
Oyes y repites...   *Si tuviera catarro, tomaría sopa de pollo.*

1. Si _____ (**tener**) gripe, _____ (**beber**) leche con

   miel y ajo.

2. Si _____ (**tener**) tos, _____ (**dejar**) una cebolla

   cortada en mi mesa de noche.

3. Si me _____ (**doler**) el estómago, _____ (**tomar**)

   té de hierbabuena.

4. Si se me _____ (**irritar**) los ojos, me _____ (**poner**)

   rebanadas (*slices*) de pepino sobre los párpados (*eyelids*).

5. Si _____ (**sufrir**) de alguna infección, _____

   (**comer**) ajo.

Actividad 5: Más vale prevenir que lamentar.   You've heard your friend Marianela's excuses for not taking better care of herself a million times. Listen to each statement, which will be repeated. Then fill in the blanks to reiterate what she has said by putting the statement in the past. Repeat the complete sentence after the speaker to check your work.

Ejemplo:
Escuchas...   Si fuera más atlética, correría un maratón.
Ves y escribes...   Ya lo sé Marianela, si *hubieras sido* más atlética, *habrías corrido* un maratón.
Oyes y repites...   *Ya lo sé Marianela, si hubieras sido más atlética, habrías corrido un maratón.*

1. Ya lo sé Marianela, si _____ más tiempo, _____

   ejercicio todos los días.

2. Ya lo sé Marianela, si _____, _____ al gimnasio

   antes de trabajar.

3. Ya lo sé Marianela, si _____ cocinar, _____ una

   dieta más saludable.

4. Ya lo sé Marianela, si el mercado no _____ tan lejos de la casa,

   _____ verduras frescas.

5. Ya lo sé Marianela, si _____ más disciplinada,

   _____ vitaminas y _____ más.

Copyright © Houghton Mifflin Company. All rights reserved.   Capítulo 9   **39**

Lengua 3: Subjunctive with adverbial clauses

Actividad 6: Frida Kahlo: No hay mal que por bien no venga. Read along as you listen to the following narration about the Mexican artist Frida Kahlo. Then you will hear a series of statements. Listen to each statement and write down what you hear. The statements will be repeated. When you have finished writing down all the statements, go back and circle the subjunctive form in each one.

Vocabulario

el bodegón   *still life*
el tranvía   *streetcar*

La famosa artista mexicana Frida Kahlo luchó fuertemente contra muchas debilidades físicas durante su corta vida. De niña, contrajo polio. De joven sufrió un terrible accidente de tranvía. Como mujer adulta, le hicieron una serie de operaciones muy difíciles con el fin de que ella pudiera seguir viviendo y pintando. A causa del polio, tenía una pierna menos desarrollada que la otra. A causa del accidente de tranvía, nunca pudo tener hijos. Pasó la mayor parte de sus últimos años en una silla de ruedas. Sin embargo, Frida Kahlo nunca perdió su aprecio por la vida. Expresó todas sus pasiones y también sus desilusiones en sus obras de arte. A pesar de haber tenido una vida difícil, a veces marcada por decepciones y tragedias, en el último bodegón que ella pintó inscribió las siguientes palabras: ¡Viva la vida!

1. _____

2. _____

3. _____

4. _____

    Copyright © Houghton Mifflin Company. All rights reserved.

Capítulo 10

CREENCIAS
Y TRADICIONES

VOCABULARIO

Actividad 1: Córdoba: Crisol de tres culturas. As you listen to a passage about Córdoba, a melting pot (*crisol*) of cultures in southern Spain, read along and circle words in the passage associated with religious beliefs and traditions. Before you begin, look over the vocabulary list below.

Vocabulario

el catolicismo	espiritual	el rezo
compartir	el islam	sobrevivir
el/la creyente	el judaísmo	
el cristianismo	el rabino	

Córdoba está situada en el centro de Andalucía en el sur de España.

Moros°, judíos y cristianos convivieron en esta antigua ciudad por   *Moors, Moslems from North Africa*

muchos siglos y por eso, la ciudad es conocida como el crisol de tres

culturas. Es la cuna° de Séneca, el admirado filósofo romano. Además,   *cradle; birthplace*

desde el siglo VIII (ocho) hasta 1236 —año de la reconquista de la ciudad

por los cristianos— Córdoba fue la capital del imperio musulmán. Allí

vivió y trabajó el matemático y científico moro Averroes, y también el

filósofo judío Maimónides. La Mezquita de Córdoba, su gran catedral

católica y la Judería —o barrio judío, que incluye una preciosa sinagoga

del siglo XV (quince)— marcan la rica historia espiritual de esta ciudad.

Allí, por más de quinientos años, convivieron creyentes del cristianismo,

del islam y del judaísmo, compartiendo y viviendo juntos, dejándole un

rico legado° multicultural al pueblo español.   *legacy*

Copyright © Houghton Mifflin Company. All rights reserved.

Actividad 2: ¿Verdadero o falso?   Now you will hear a series of statements about the reading in *Actividad 1*. Based upon what you hear, circle **Verdadero** if the statement is true or **Falso** if the statement is false. Each statement will be read twice. If the statement was false, after a pause you will hear the correct answer given.

1. Verdadero   Falso   6. Verdadero   Falso

2. Verdadero   Falso   7. Verdadero   Falso

3. Verdadero   Falso   8. Verdadero   Falso

4. Verdadero   Falso   9. Verdadero   Falso

5. Verdadero   Falso   10. Verdadero   Falso

LENGUA

Lengua 1: Sequence of tenses

Actividad 3: Consejos para evitar la mala suerte.   You are very superstitious and have always been giving solid advice to your friends. Listen to the statements and following the cues, restate the sentence in the past. Listen and repeat the complete sentence after the speaker.

Ejemplo:
Escuchas...   No quiere que se caigan un cuchillo y un tenedor al mismo tiempo.
Ves y escribes...   No quería que se *cayeran* un cuchillo y un tenedor al mismo tiempo.
Oyes y repites...   *No quería que se cayeran un cuchillo y un tenedor al mismo tiempo.*

1. Era importante que Miguel no _____ el espejo.

2. Era mejor que el novio no _____ a la novia con su vestido de boda.

3. Les sugería que no _____ por debajo de una escalera.

4. Te rogaba que no _____ sombrillas dentro de la casa.

5. Aconsejaba que Isabel no _____ una escoba detrás de la puerta.

6. Esperaba que las novias se _____ algo azul para el día de la boda.

                    Copyright © Houghton Mifflin Company. All rights reserved.

Actividad 4: ¿Cómo fue el viaje?   You and your partner have just made a pilgrimage to a village in the Andes mountains of Bolivia to observe ceremonies celebrating the deity, la Pachamama. You receive a series of phone messages from friends after you have safely returned. Listen to each message then rewrite the sentence using the present tense in the first clause and the present perfect subjunctive in the second. Repeat the new statement after the speaker.

Ejemplo:
Escuchas...   Nos impresionó que hubieran llegado en dos días.
Escribes...   *Nos impresiona que hayan llegado en dos días.*
Repites...   *Nos impresiona que hayan llegado en dos días.*

1. _____

_____

2. _____

_____

3. _____

_____

4. _____

_____

5. _____

_____

6. _____

_____

Lengua 2: Relative pronouns

Actividad 5: Las líneas misteriosas de Nazca.   In the desert plains of Peru, scientists are investigating mysterious lines discovered in 1927. The lines appear to have been made many hundreds of years ago by the Nazca people, a community indigenous to this region. Read along as you hear each statement, then repeat the statement after the speaker. Circle the relative pronoun. When you finish the oral exercise, go back and underline the antecedent or antecedents for the relative pronoun in each sentence.

1. Los indígenas que vivían en las pampas del Perú se llamaban nazcas.

2. Los nazcas, quienes habitaban el Perú antes que los incas, crearon unas líneas misteriosas en la tierra.

3. Las líneas, las cuales fueron descubiertas por científicos modernos en 1927, cubren un área de

   quinientos kilómetros cuadrados.

4. Lo que sorprende a muchos científicos es que las líneas formen figuras geométricas casi perfectas.

5. Las líneas, cuyas dimensiones son impresionantes, también forman figuras de animales.

Copyright © Houghton Mifflin Company. All rights reserved.   Capítulo 10   **43**

6. Los animales parecen haber tenido un significado espiritual para los nazcas, lo cual convence a muchos antropólogos de que las líneas se crearon para ceremonias religiosas.

7. Los animales, cuyas formas solamente pueden apreciarse desde una perspectiva aérea, se extienden por kilómetros y kilómetros a través de la tierra.

8. Los científicos piensan que los nazcas, a quienes se les atribuye la creación de las líneas, usaban palos de madera para crear las líneas y cuerdas (*cord, rope*) para medir las dimensiones de cada figura.

9. Las líneas de Nazca representan otro testimonio de la ingeniosidad y creatividad de los indígenas que vivían y siguen viviendo en las Américas desde hace más de mil años.

Lengua 3: Infinitives and present participles (*gerundios*)

Actividad 6: Para sacar una buena nota. You are taking a class on the contemporary short story in Latin America. Listen as your teacher describes what he expects of the students who hope to learn a lot and do well in his class. Then, using the gerund of each verb, make a list to remind yourself of what the teacher has said.

¿Cómo puedo aprender mucho en la clase y sacar una buena nota?

1. (Venir) _____ a clase.

2. (Tomar) _____ buenos apuntes.

3. (Leer) _____ todos los cuentos.

4. (Escribir) _____ buenos ensayos sobre los cuentos.

5. (Discutir) _____ mis ideas con otros compañeros.

6. (Pedirle) _____ ayuda al profesor cuando tenga preguntas.

7. (Completar) _____ todas las tareas a tiempo.

Copyright © Houghton Mifflin Company. All rights reserved.

Capítulo 11

ARTE
Y LITERATURA

VOCABULARIO

Actividad 1: *El ingenioso hidalgo don Quijote de la Mancha.* Read along as you listen to statements about Cervantes's famous novel, *Don Quijote*. Each statement will be repeated. Fill in the blanks with the words that you hear. Study the vocabulary before you begin.

Vocabulario

la crítica	inconfundibles	el oficio	revelar
los detalles	la ingenuidad	el paisaje	la textura
la fantasía	luminoso	la realización	tratar
la fuente de inspiración	la obra maestra	el Renacimiento	los valores
la imaginación			

Nuevas palabras

hacer/desempeñar un papel   *to play a role*   prototipo   *prototype*
llanuras áridas   *arid plains*   rasgos   *features*
molinos de viento   *windmills*

1. La _____ de Miguel de Cervantes Saavedra se titula *El ingenioso hidalgo*

   don Quijote de la Mancha.

2. Cervantes había dedicado la primera parte de su vida al servicio militar, pero su

   _____ en la vida siempre había sido la literatura.

3. Por haber _____ con muchos tipos de personas en su

   _____ militar, Cervantes ofrece con el *Quijote* un

   cuadro _____ de la sociedad española de su época y

   _____ muchos detalles sobre la vida española a fines

   del _____.

4. El _____ de Castilla con sus rasgos _____

   como los molinos de viento, llanuras áridas y albergues humildes es el sitio de la acción de la

   novela de Cervantes.

5. La admiración junto con una _____ irónica de la

   _____ y la _____ del héroe don Quijote, tienen

   un papel importante en la _____ de la obra.

6. El *Quijote,* prototipo de la novela moderna, revela el poder de la _____ y

   de los _____, propios en la _____ de los sueños

   en la vida.

LENGUA

Lengua 1: *Hacer* in time expressions

Actividad 2: Una conversación imaginaria con Picasso.   Imagine that you are the famous artist Pablo Picasso giving an interview at age 60. Art students from a university are asking questions about your work. Listen to each question, which will be repeated. Using the cue, answer each question in the spaces provided. Then, listen for the answer and repeat it after the speaker.

Hace + preterite:

Ejemplo:
Escuchas...   ¿Cuánto tiempo hace que hizo su primer viaje a París?
Ves...   Hace más de cuarenta años _____
Escribes...   Hace más de cuarenta años *que hice mi primer viaje a París.*
Oyes y repites...   *Hace más de cuarenta años que hice mi primer viaje a París.*

1. Hace más de cincuenta años _____

2. Hace más de diez años _____

3. Hace cuarenta y cuatro años _____

4. Hace cuarenta y seis años _____

Hace + present indicative:

Ejemplo:
Escuchas...   ¿Desde cuándo se inspira usted en las obras de Cézanne?
Ves...   _____ desde hace cuarenta años.
Escribes...   *Me inspiro en las obras de Cézanne* desde hace cuarenta años.
Oyes y repites...   *Me inspiro en las obras de Cézanne desde hace cuarenta años.*

5. _____ desde hace cincuenta años.

6. _____ desde hace muchísimos años.

7. _____ desde hace veinte años.

8. _____ desde hace treinta años.

          Copyright © Houghton Mifflin Company. All rights reserved.

Lengua 2: *Se* to express accidental or unplanned occurrences

Actividad 3: Eventos imprevistos. Everyone around you is having unexpected problems. Listen to each statement twice. Formulate a question to confirm what you have just heard and fill in the blank. Repeat the question after the speaker to check your work. Listen as the speaker answers your question.

Ejemplo:

Escuchas...	¡Ay, Dios mío, se me dañaron las ruedas!
Ves...	¿_____ las ruedas?
Escribes y preguntas...	*¿Se te dañaron las ruedas?*
Repites...	*¿Se te dañaron las ruedas?*
Oyes...	Sí, se me dañaron.

1. ¿_____ las llaves?

2. ¿_____ los papeles?

3. ¿_____ los vasos?

4. ¿_____ los libros en casa?

5. ¿_____ los documentos con el café?

Actividad 4: ¡Mis pobres compañeros! Unplanned events continue occurring to different people. Using the cues provided, make a statement to describe what has just happened to each person or group of persons. Write your statement in the first space provided. In the second space, use object pronouns to write a shortened form of the same statement. When you have finished writing the whole *Actividad*, go back and play the CD and listen to each question. Repeat after the speaker to confirm what has occurred.

Ejemplo:

Ves...	a Paco / olvidarse / su tarjeta de identidad
Escribes...	*A Paco se le olvidó su tarjeta de identidad.*
Escuchas...	¿A Paco se le olvidó su tarjeta de identidad?
Escribes y repites...	*Sí, se le olvidó.*

1. a Elisa / romper / la escultura de cerámica

   _____

   _____

2. a Reinaldo / caer / el reloj de su bisabuelo

   _____

   _____

3. a las niñas / perder / las joyas de la abuelita

   _____

   _____

Copyright © Houghton Mifflin Company. All rights reserved.

4. al profesor / quedar / los ensayos en casa

_____

_____

5. a los artistas / manchar / los lienzos con el café

_____

_____

Actividad 5: Gabriela Mistral y la canción de cuna. Lucila Godoy Alcayaga, better known by the pseudonym she adopted, Gabriela Mistral, believed cradle songs or lullabyes to be wonderful repositories of language and culture. First listen to a stanza of one of the lullabyes that Mistral composed and then recite each line after the speaker. You will then hear a passage about Mistral's life and work in this genre.

Yo no sólo fui meciendo°   _rocking_

a mi niño en mi cantar:

a la Tierra iba durmiendo

al vaivén° del acunar°.   _to the swaying / as the cradle rocked_

Actividad 6: Gabriela Mistral: ¿Verdadero o falso? Based on what you have heard, circle **Verdadero** if the statement is true, or **Falso** if the statement is false.

1. Verdadero   Falso

2. Verdadero   Falso

3. Verdadero   Falso

4. Verdadero   Falso

5. Verdadero   Falso

     Copyright © Houghton Mifflin Company. All rights reserved.

Capítulo 12 | SOCIEDAD Y POLÍTICA

VOCABULARIO

Actividad 1: Hablando de la política: Identificaciones. You will hear a series of incomplete sentences. They will be repeated. Circle the word or expression that best completes each sentence.

1. a. independizarse   b. secuestrar   c. censurarse

2. a. democracia   b. capitalismo   c. monarquía

3. a. derechos humanos   b. recursos económicos   c. delitos criminales

4. a. chantaje   b. espionaje   c. narcotráfico

5. a. justicia   b. censura   c. seguridad

LENGUA

Lengua 1: The past participle as adjective

Actividad 2: Preparándonos para hablar de política. You work for a senator in your district and are training a new group of volunteers about identifying candidates, important persons, and issues. Listen to the statements and repeat them after the speaker. Use the prompt (the words in parentheses) that you see and hear to change the sentence and write it in the space provided. Listen for the new sentence and repeat it after the speaker.

Ejemplo:
Escuchas y repites... Ésta es la agenda aprobada.
Escuchas y ves... (el horario)
Escribes... *Éste es el horario aprobado.*
Escuchas y repites... *Éste es el horario aprobado.*

1. (la candidata) _____

2. (una idea) _____

3. (la jefa) _____

4. (las activistas) _____

5. (los argumentos) _____

Copyright © Houghton Mifflin Company. All rights reserved.

Actividad 3: Mensajes al público. Now the volunteers ask questions of you and your senior staff regarding the senator's campaign and the status of her public policies. Answer the questions you hear in the affirmative using **estar** + the past participle and write them in the spaces provided. Listen for the correct response and repeat it after the speaker.

Ejemplo:

Escuchas...	¿Han aprobado los acuerdos?
Ves...	Sí, los acuerdos...
Escribes...	Sí, los acuerdos *están aprobados*.
Escuchas y repites...	*Sí, los acuerdos están aprobados.*

1. Sí, las reuniones _____.

2. Sí, las citas _____.

3. Sí, las cartas _____.

4. Sí, los ciudadanos _____.

5. Sí, el público _____.

6. Sí, los asuntos _____.

Actividad 4: La campaña electoral. Read along as you listen to a dialogue between Javier and Felipe as they discuss the upcoming campaign for student body president at their school. Underline the past participles that you hear and see.

FELIPE: Oye, ¡Javier! Me dijeron que tenías interés en ser elegido presidente del estudiantado.

JAVIER: Felipe... ¡Hola! Sí, es cierto. A comienzos del año fui nombrado representante del senado estudiantil por uno de mis profesores, y la experiencia ha sido bien interesante.

FELIPE: Pues, no sabía que tuvieras interés en asuntos políticos.

JAVIER: Pues fíjate que antes no estaba muy interesado, pero ahora me doy cuenta de que todo el mundo debe fijarse en los candidatos escogidos y los temas discutidos en esas reuniones con administradores. No te imaginas la cantidad de cosas decididas por el Consejo Académico. Alguien tiene que cuidar de nuestros intereses... digo de los del estudiante.

FELIPE: Bueno, pero ¿qué es eso? ¿El Consejo Académico?

JAVIER: Mira, no te preocupes. Yo tampoco sabía de estas cosas antes de volverme a ser "tu humilde servidor". El Consejo Académico está compuesto de representantes: estudiantes, administradores, padres de familia y profesores. Se reúne una vez al mes para discutir asuntos importantes, como códigos de disciplina, reglas de comportamiento, privilegios, maneras de resolver conflictos, requisitos para la graduación, el horario escolar...

     Copyright © Houghton Mifflin Company. All rights reserved.

FELIPE: Pues, y ¿dónde he estado yo? Reglas discutidas, decisiones tomadas, gente electa —todo lo que has dicho podría afectarme directamente y yo ni me enteraba. Pero, dime la verdad. Los padres, los administradores y los profesores —¿realmente están interesados en las opiniones de los estudiantes?

JAVIER: Yo también tenía mis dudas. Pero de veras, creo que la voz estudiantil ha sido escuchada este año. ¿Te acuerdas de ese nuevo privilegio que acaban de anunciar? Ahora los estudiantes de último año pueden estacionar sus coches por todas partes del parqueo en el campo. Pueden dejar sus coches cerca de los edificios de clase o cerca de sus residencias. Ya no tienen que caminar mucho.

FELIPE: Sí, hombre, casi me desmayé cuando supe de ese privilegio. Ya sabes como nos tienen aquí: bien controlados.

JAVIER: Comprendo. Pues en esas cuestiones que afectan nuestra vida diaria aquí, nuestras opiniones deben ser expresadas. Tenemos que ofrecer ideas, poner de nuestra parte...

FELIPE: Estoy convencido. Pues mira, mi señor futuro presidente del estudiantado, yo quisiera ofrecerle mis servicios como agente de publicidad. Desde ahora en adelante, dadas las circunstancias, me ofrezco a dirigir tu campaña electoral. Vamos caminando hacia la clase de física.

JAVIER: Sí, encantado. Éste, mi amigo, es el comienzo de una linda amistad...

Lengua 2: Passive forms

Actividad 5: ¿Verdadero o falso?   You will hear statements about the dialogue between Javier and Felipe in *Actividad 4*. Listen to each statement, which will be repeated. Circle **Verdadero** if the statement is true and **Falso** if it is false.

1. Verdadero   Falso
2. Verdadero   Falso
3. Verdadero   Falso
4. Verdadero   Falso
5. Verdadero   Falso
6. Verdadero   Falso

Copyright © Houghton Mifflin Company. All rights reserved.

Actividad 6: Un resumen del proceso político. You will hear statements based upon the dialogue between Javier and Felipe. Listen to each statement and repeat it after the speaker. Fill in the blanks to transform the active sentence to a passive sentence using **ser** + the past participle. Repeat the correct answer after the speaker.

Ejemplo:

Escuchas y repites... La gente no aceptó el compromiso.

Ves... El compromiso no _____ por la gente.

Escribes... El compromiso no *fue aceptado* por la gente.

Repites... *El compromiso no fue aceptado por la gente.*

1. Javier _____ por un profesor.

2. Los candidatos _____ por los representantes.

3. Muchas cosas _____ por los miembros del Consejo Académico.

4. La voz estudiantil _____ por los administradores.

   Copyright © Houghton Mifflin Company. All rights reserved.

WORKBOOK

Capítulo 1

PASATIEMPOS
Y DEPORTES

TEMAS Y CONTEXTOS

Lectura

En España, todos los años en julio celebran una semana especial en la que todos los días los toros corren por las calles de la ciudad de Pamplona. Estas fiestas son conocidas como **los sanfermines,** en homenaje a San Fermín, patrón de los toreros. Mucha gente corre con los toros y tiene que estar en buenas condiciones físicas porque es muy peligroso. Lee el siguiente artículo sobre lo que pasó durante las fiestas.

Pamplona 7-7-2002 Uno de los toros de Domecq embiste a varios mozos en estafeta. Foto Luis Azanza

Tres heridos graves en el primer encierro de los sanfermines

Un australiano de 19 años, una estadounidense de la misma edad y un madrileño de 32 años resultaron ayer heridos de gravedad en el primer encierro de los sanfermines. El recorrido, con reses de la ganadería gaditana Domecq, se saldó, además, con una treintena de heridos leves. El australiano Luke Versace fue el primer empitonado, y su pronóstico, como el de la joven de Kansas Elinzey Sain, es grave. Ambos fueron corneados en las rodillas. El pronóstico del madrileño José María Pérez Hernández, cogido en el muslo derecho, es menos grave. En la foto, un toro rezagado embiste a un grupo de corredores.

Copyright © Houghton Mifflin Company. All rights reserved.

Actividad 1: Los toros en Pamplona. Pon un círculo alrededor de la respuesta correcta.

1. ¿Qué pasa en Pamplona todos los años el mes de julio?

   a. Los toreros andan en bicicletas.   **b.** Los toros corren por las calles.

2. ¿Por qué tienen esta celebración?

   a. Quieren honrar a San Fermín.   **b.** Quieren ganar mucho dinero.

3. ¿De qué países son las personas heridas?

   a. España, Chile y Uruguay.   **b.** Australia, los Estados Unidos y España.

4. ¿Dónde tienen sus heridas?

   a. En la cabeza y en los brazos.   **b.** En el muslo y en las rodillas.

5. ¿Quién tiene una herida menos grave?

   a. Elinzey Sain.   **b.** José María Pérez Hernández.

6. ¿Con qué están luchando los hombres en la foto?

   a. Con un ladrón.   **b.** Con un toro.

Actividad 2: Deportes al aire libre. Imagínate que tienes tiempo para hacer deportes al aire libre todos los días. Contesta las siguientes preguntas.

1. ¿Te gustaría ir a España y correr con los toros? ¿Por qué?

   _____

2. ¿Qué piensas de las corridas de toros (*bullfights*)? ¿Te gustaría ser torero/a (*bullfighter*)? Explica.

   _____

3. ¿Te gusta jugar al béisbol? ¿Por qué?

   _____

4. ¿Quiénes son algunos famosos beisbolistas latinos?

   _____

5. Describe tu deporte favorito para jugar al aire libre. ¿Prefieres participar como espectador/a o como deportista?

   _____

   Copyright © Houghton Mifflin Company. All rights reserved.

Vocabulario

Actividad 3: Los deportes. Vas a escribir un manual de deportes para los estudiantes hispanohablantes de tu universidad. Primero tienes que organizar la información en varias categorías. Escoge las palabras adecuadas de la lista y escríbelas en los espacios en blanco. Puedes usar las palabras más de una vez.

alpinismo	cartas	fútbol (*soccer*)	paracaidismo
básquetbol	damas chinas	fútbol americano	remo
béisbol	esquí alpino	lucha libre	videojuego

1. Deporte en el estadio   _____

2. Deporte con gol   _____

3. Juego electrónico   _____

4. Juego de canastas   _____

5. Deporte en las montañas   _____

6. Deporte individual   _____

7. Deporte en parejas   _____

8. Deporte en el aire   _____

9. Deporte en la nieve   _____

10. Deporte con comentarista   _____

11. Deporte en el agua   _____

Actividad 4: El mundo de los deportes. Te estás preparando para una carrera en el campo de deportes y tienes que aprender el vocabulario en español para hablar con las personas con quienes vas a jugar. Una buena manera de ampliar el vocabulario es aprender las palabras en grupos de palabras semejantes. Llena los espacios en blanco en la columna A con la letra de la palabra asociada en la columna B.

A	B
_____ 1. esquiar	a. aplauso
_____ 2. golpear	b. buceo
_____ 3. entrenarse	c. campo
_____ 4. bucear	d. entrenamiento
_____ 5. aplaudir	e. esquí
_____ 6. gritar	f. ganador
_____ 7. ganar	g. golpe
_____ 8. lograr	h. grito
_____ 9. acampar	i. juego
_____ 10. sobresalir	j. logro
_____ 11. jugar	k. remo
_____ 12. remar	l. sobresaliente

Copyright © Houghton Mifflin Company. All rights reserved.

Cultura

Actividad 5: ¡A bailar!

La Macarena es una canción que ha gozado de mucha popularidad entre la gente de todo el mundo. Un grupo de cantantes flamencos, hombres con mucha experiencia y mayores de edad, "Los del Río" inventaron esta canción. La música tiene un buen ritmo y hay un baile especial que la acompaña. Es un baile de grupo que se hace en línea con gestos de manos específicos. Primero: extiendes los brazos con las palmas de las manos arriba, primero el derecho y luego el izquierdo. Segundo: debes hacer medio círculo con cada mano, ahora las palmas están hacia abajo. Tercero: tienes que poner la mano derecha sobre el brazo izquierdo (hacia la mitad, arriba del codo) y la izquierda sobre el brazo derecho. Cuarto: pon las manos la cabeza, por detrás. Quinto: pon la mano derecha sobre el lado izquierdo y la izquierda sobre el lado derecho. Sexto: pon la mano derecha en la cadera derecha por detrás y la izquierda en la cadera izquierda, también por detrás. Séptimo: pon ambos brazos arriba, en el aire y salta. Después de cada repetición debes virar un cuarto de círculo y seguir. En resumen, es "mano, mano / mano, mano / codo, codo / cabeza, cabeza / lado, lado / cadera, cadera / aire / gira". Al final puedes gritar "¡Ay, macarena!". Debes intentar este baile sólo si tienes buena salud y estás en buenas condiciones físicas.

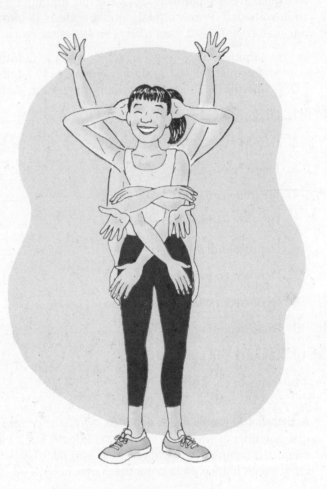

Pon un círculo alrededor de la respuesta correcta.

1. El grupo musical que inventó La Macarena y creó esta canción se llama Los del _____.

   a. Cielo   **b.** Río   **c.** Macario

2. La música de La Macarena tiene un buen _____.

   a. sabor   **b.** baile   **c.** ritmo

3. Debes poner las manos en el _____ cuando bailas La Macarena.

   a. cuerpo   **b.** agua   **c.** suelo

4. La Macarena es un baile para _____.

   a. parejas   **b.** grupos   **c.** gente sola

5. Es muy importante estar en buenas condiciones _____ para bailar La Macarena.

   a. emocionales   **b.** mentales   **c.** físicas

 Copyright © Houghton Mifflin Company. All rights reserved.

Capítulo 4

CANTOS Y BAILES

TEMAS Y CONTEXTOS

Lectura

Tito Puente, el gran músico de raíces puertorriqueños, nació en "Spanish Harlem" en 1923 y murió recientemente. Lee la selección que conmemora su vida y contesta las preguntas.

Puente a la eternidad

Presidentes, artistas, amigos y su público, le dicen adiós al legendario Tito Puente, quien dejó su música como el mejor legado a la humanidad

El sonido de su timbal no se ha apagado. En definitiva Tito Puente fue y será el Rey. Cuando su corazón dejó de latir la noche del 31 de mayo, a los 77 años, su música vibró como nunca antes. "Él siempre me decía: 'Óyeme, yo quiero ir a tocar a la luna' ", recuerda su amiga de la juventud, la guarachera Celia Cruz.

Poco le faltó. En sus seis décadas de carrera artística grabó cerca de 120 discos, ganó 5 premios Grammy y actuó en un promedio de 300 espectáculos por año. Conocido como el rey del Latin Jazz, su nombre, como señaló *The New York Times*, "es un símbolo de la ciudad de Nueva York, tanto como lo es el Empire State Building y la Estatua de la Libertad".

Autor del antológico "Oye como va", el hit que internacionalizara Carlos Santana, Puente fue un promotor incansable de la música latina. "Ayudó a abrir las puertas para mí", dice Santana. A pesar de sus años y su delicada salud, Puente no abandonó nunca los escenarios ni los estudios de grabación. Poco antes de morir, estaba preparando un disco con Eddie Palmieri que quedó inconcluso. Según Palmieri, "musicalmente, Tito cautivó el sonido del tambor del esclavo y lo perpetuó para poner a todo el mundo a bailar".

Tito Puente hizo gala de su talento y ganó reconocimiento universal en los años 50.

Puente se interpreta a sí mismo en la película *Mambo Kings*, junto al actor Armand Assante, en 1992.

Copyright © Houghton Mifflin Company. All rights reserved.

Capítulo 4 **95**

Actividad 1: Tito Puente. Completa las oraciones poniendo un círculo alrededor de la respuesta correcta.

1. Tito Puente tenía _____ años cuando murió.

   a. sesenta y siete   **b.** setenta y siete   **c.** noventa y seis

2. Tito grabó cerca de 120 _____.

   a. discos   **b.** fotos   **c.** espectáculos

3. Tito fue un "símbolo" de la ciudad de _____.

   a. Miami   **b.** San Juan   **c.** Nueva York

4. La canción escrita por Puente y hecha famosa por Santana se llama _____.

   a. "Guantanamera"   **b.** "La luna"   **c.** "Oye como va"

5. Tito Puente tocaba _____.

   a. el violín   **b.** los tambores   **c.** el piano

6. En las fotos Tito parece estar muy _____.

   a. triste   **b.** enojado   **c.** feliz

7. Una de las fotos es de Tito tocando en _____ *The Mambo Kings*.

   a. la película   **b.** el club   **c.** el palacio

Vocabulario

Actividad 2: Asociaciones musicales. Pon un círculo alrededor de la palabra que **NO** esté relacionada con el grupo.

1. **a.** armonía   **b.** micrófono   **c.** melodía   **d.** ritmo
2. **a.** bongó   **b.** espectáculo   **c.** tambor   **d.** batería
3. **a.** cumbia   **b.** merengue   **c.** salsa   **d.** contrabajo
4. **a.** maracas   **b.** claves   **c.** coro   **d.** castañuelas
5. **a.** cantautor   **b.** salsero   **c.** sonero   **d.** cuerda

Actividad 3: La música. Te interesa aprender el vocabulario relacionado con la música porque tienes unos amigos que tocan en una banda. De la lista escoge la palabra que mejor complete la oración y escríbela en los espacios en blanco.

castañuelas	espectáculo	grabadora	letra
conjunto	flautas	guitarra	tambor

1. Las palabras que los cantantes usan para cantar sus canciones se conocen como la

   _____ de la canción.

2. Si bailas flamenco necesitas usar _____ en las manos.

3. Un grupo de músicos también es conocido como un _____.

4. Un concierto muy extravagante puede llamarse un _____.

  Copyright © Houghton Mifflin Company. All rights reserved.

EXPANSIÓN

Arte

Pablo Picasso: *Tres músicos,* 1921

Actividad 17: Una pintura de Picasso.   Mira esta pintura por el famoso artista español, Pablo Picasso (1881–1973) y contesta las preguntas, poniendo un círculo alrededor de la respuesta correcta.

1. ¿Cuántos músicos hay? _____.

   a. treinta   b. trece   c. tres

2. Uno de los músicos toca _____.

   a. una guitarra   b. un bongó   c. unas maracas

3. Ellos están tocando en _____.

   a. una orquesta sinfónica   b. un conjunto   c. un espectáculo

4. Un músico lee la letra de _____.

   a. la música   b. una carta   c. un libro

Copyright © Houghton Mifflin Company. All rights reserved.   Capítulo 4   **103**

Literatura

Actividad 18: La música en la poesía.   Lee la selección del poema escrito en el siglo XVI por el distinguido poeta español Fray Luis de León (1527–1591) quien escribió una oda dedicada al profesor universitario de música, Francisco Salinas. Lee estas selecciones del poema y contesta las preguntas. Pon un círculo alrededor de las respuestas correctas.

Oda a Francisco Salinas, Catedrático de música
de la Universidad de Salamanca (*selección*)

por Fray Luis de León

El aire se serena
y viste de hermosura y luz no usada,
Salinas, cuando suena
la música extremada
por vuestra sabia mano gobernada.

. . .

¡Oh!, suene de continuo,
Salinas, vuestro son en mis oídos,
por quien al bien divino
despiertan los sentidos,
quedando a lo demás adormecidos.

1. ¿Que le pasa al aire?

   a. se atormenta   **b.** se serena   **c.** se va

2. ¿Con qué parte del cuerpo toca Salinas la música?

   a. la boca   **b.** los pies   **c.** la mano

3. ¿Qué recibe el "son" de Salinas?

   a. el estómago   **b.** los ojos   **c.** los oídos

4. ¿Qué despierta la música?

   a. los sentidos   **b.** los pensamientos   **c.** los adormecidos

Copyright © Houghton Mifflin Company. All rights reserved.

Redacción

Actividad 19: Ensayo: Carta de agradecimiento. Tú eres el director/la directora del conjunto que tocó en un concierto de fin de año en tu universidad. Le escribes una carta de agradecimiento a la universidad por haberte dado la oportunidad de tomar parte en el concierto. Usa la siguiente información.

Organizar las ideas:

1. Nombre del conjunto: _____

2. Estilo musical: _____

3. Idioma principal: _____

4. Lo que tu conjunto tocó: _____

5. Cosas que son típicas para conjuntos como el tuyo: _____

_____

6. Cosas que son especiales para tu conjunto: _____

_____

Ve a la página siguiente ⟶

Copyright © Houghton Mifflin Company. All rights reserved.

Escribir la carta:

Tu nombre: _____

Tu dirección: _____

Fecha: _____

Dirección de la persona quien te invitó: _____

Muy estimado/a (nombre de la persona quien te invitó): _____

Párrafo 1: Dar las gracias por la invitación y describir todas las cosas buenas de tu conjunto

_____

_____

_____

Párrafo 2: Describir a los miembros de tu conjunto y sus talentos musicales

_____

_____

_____

Párrafo 3: Decir qué otros tipos de música puede ofrecer tu conjunto y por qué quieres tocar en la universidad en otro concierto en el futuro

_____

_____

_____

Atentamente,

Tu nombre:

_____

Copyright © Houghton Mifflin Company. All rights reserved.

Capítulo 5 | SABORES

Y COLORES

TEMAS Y CONTEXTOS

Lectura

Lee la selección sobre la buena comida y contesta las preguntas.

salud
Y NUTRICIÓN

Las comidas del bienestar

¿Sabía usted que se estima que el 40 por ciento de los casos de cáncer en los hombres y casi el 60 por ciento en las mujeres están relacionados con lo que comen? Pues así es. Por ésta y otras razones, hoy le traemos aquí una selección de los alimentos que más pueden ayudarla a mantenerse revitalizada y a evitar las enfermedades. Cada día la ciencia demuestra más que la buena alimentación alarga la vida y proporciona bienestar. Hay comidas que son milagros de nutrición.

Seis alimentos que dan vida

LECHE

● **Beneficios:** Le fortalece los huesos y le evita la osteoporosis. También le baja la presión arterial y puede protegerla contra algunos tipos de cáncer.

FRIJOLES

● **Beneficios:** Los frijoles de todas clases, negros, rojos, verdes, garbanzos, etc., contienen gran cantidad de fibra y, por lo tanto, ayudan a bajar el colesterol, a regular el proceso digestivo, a estabilizar el azúcar de la sangre y a disminuir el peligro de contraer cáncer del seno.

Copyright © Houghton Mifflin Company. All rights reserved.

NARANJA

● **Beneficios:** Nadie discute el poder de los frutos cítricos. Si los come con regularidad o toma los jugos, la vitamina C que contienen le ayudará a acelerar cualquier proceso de curación, así como a reforzar la inmunidad. Y la pectina de la naranja le bajará el colesterol de la sangre.

BROCULI

● **Beneficios:** Este vegetal está repleto de betacaroteno, el antioxidante esencial para combatir las enfermedades cardíacas, el cáncer y algunas enfermedades de los ojos.

CEBOLLINOS

● **Beneficios:** Todas las cebollas y las plantas de su familia contienen compuestos que bajan el colesterol, licuan la sangre y evitan el endurecimiento de las arterias, todo lo cual evita los males cardíacos. Las cebollas, cebollinos, etc., también protegen del cáncer gastrointestinal.

TOMATE

● **Beneficios:** El licopene y la vitamina C que contienen los tomates son antioxidantes que protegen contra las enfermedades del corazón, y el cáncer de la próstata y los pulmones.

Actividad 1: La nutrición y la salud. Contesta las preguntas poniendo un círculo alrededor de la respuesta correcta.

1. ¿Qué es lo que la leche evita?

    a. hambre **b.** sed **c.** osteoporosis

2. ¿Cuál es la comida no asociada con protección contra el cáncer?

    a. tomate **b.** naranja **c.** frijoles

3. Los frijoles, la naranja y los cebollinos ayudan a bajar _____.

    a. el peso **b.** la salud **c.** el colesterol

4. El bróculi y el tomate son comidas con _____.

    a. antioxidantes **b.** enfermedades **c.** fibra

5. Se encuentra licopene en _____.

    a. la leche **b.** el tomate **c.** los frijoles

6. Las comidas que no son especialmente buenas para proteger el corazón y bajar la presión arterial

    son _____.

    a. los frijoles y las naranjas **b.** la leche y el tomate **c.** el bróculi y los cebollinos

  Copyright © Houghton Mifflin Company. All rights reserved.

Vocabulario

Actividad 2: El menú. Estás preparando un menú para un nuevo restaurante hispano en tu barrio. Pon un círculo alrededor de la palabra en español que sea el mejor equivalente de la palabra en inglés.

	A	**B**	**C**	**D**
1. *liter*	**a.** libro	**b.** libre	**c.** litro	**d.** limón
2. *spice*	**a.** especia	**b.** especie	**c.** esperanza	**d.** especial
3. *olive*	**a.** oliva	**b.** aceituna	**c.** aceite	**d.** tuna
4. *avocado*	**a.** abogado	**b.** aguacate	**c.** bocado	**d.** azafrán
5. *clam*	**a.** almeja	**b.** calamar	**c.** calma	**d.** langosta
6. *celery*	**a.** ajo	**b.** eje	**c.** celebro	**d.** apio
7. *turnover*	**a.** empanada	**b.** girasol	**c.** pan	**d.** turno
8. *noodle*	**a.** nada	**b.** nadie	**c.** fideo	**d.** fresco
9. *jar*	**a.** fracaso	**b.** jota	**c.** jaleo	**d.** frasco
10. *peanut*	**a.** guisante	**b.** peine	**c.** mano	**d.** maní
11. *parsley*	**a.** parte	**b.** perejil	**c.** parto	**d.** pato
12. *slice*	**a.** raja	**b.** reja	**c.** rezo	**d.** rizo
13. *recipe*	**a.** recibo	**b.** receta	**c.** recipiente	**d.** recíproco
14. *to cook*	**a.** cocer	**b.** colocar	**c.** cobrar	**d.** comer
15. *to brown*	**a.** dorar	**b.** adorar	**c.** morar	**d.** mirar
16. *to measure*	**a.** mandar	**b.** medir	**c.** mezclar	**d.** mecer
17. *to taste*	**a.** tomar	**b.** saborear	**c.** salir	**d.** tocar
18. *bitter*	**a.** amar	**b.** amor	**c.** amargo	**d.** amarillo
19. *fresh*	**a.** frito	**b.** fresco	**c.** frasco	**d.** flaco
20. *corn*	**a.** cuerno	**b.** cuerpo	**c.** maíz	**d.** mesa
21. *salty*	**a.** salido	**b.** salado	**c.** salpicado	**d.** salmo
22. *bland*	**a.** seso	**b.** susto	**c.** blanco	**d.** soso
23. *tomato*	**a.** ternera	**b.** tomate	**c.** tobillo	**d.** toronja

Copyright © Houghton Mifflin Company. All rights reserved.

Actividad 3: Las comidas. Estás en una clase para futuros cocineros. Escribe la palabra que mejor complete la definición. Escoge de entre las palabras de la lista.

| ajo | caldo | fideos | nuez | perejil |
| aperitivo | chícharo | congelado | pelar | quemarse |

1. Para adornar una ensalada pones un poco de _____.

2. El _____ es una sopa muy saludable.

3. Si estás en un restaurante y tienes mucha hambre es una buena idea pedir un

   _____ para comer algo antes de que llegue el plato principal.

4. Un cacahuate es un tipo de _____.

5. Otra palabra para "guisante" es _____.

6. Si quieres poner mucho sabor en tu comida puedes agregar un diente de

   _____.

7. Unos ingredientes esenciales para los espaguetis son los _____.

8. Antes de poder comer una banana debes _____ la.

9. Si cocinas mucho es importante no _____ las manos.

10. Un helado es un postre _____.

Cultura

Actividad 4: Pozole. Aquí tienes una receta para un plato llamado "pozole", un plato tradicional mexicano. La familia del autor de este artículo vive en la frontera entre México y los Estados Unidos y por eso ha cambiado un poco la receta, sustituyendo el pollo tradicional por puerco. El autor recomienda que al final se echen por encima lechuga, rábano, cebolla y chile bien picado con un poco de orégano y pimienta. Lee la receta y completa las oraciones, poniendo un círculo alrededor de la palabra correcta.

1. En una olla grande es necesario _____ el aceite.

   a. cantar   b. comparar   c. calentar

2. Luego uno debe _____ la cebolla.

   a. sufrir   b. sofreír   c. hervir

3. Después es importante _____ el caldo de pollo, orégano, cominos, chiles, puerco y maíz.

   a. agregar   b. alejar   c. agitar

4. Usted lo tiene que _____ a temperatura baja.

   a. coser   b. comer   c. cocinar

5. Ahora usted debe _____ la mantequilla.

   a. dirigir   b. decir   c. derretir

   Copyright © Houghton Mifflin Company. All rights reserved.

El pozole de mi papá

Por Pete Astudillo

POZOLE

INGREDIENTES

2 cucharaditas de aceite de oliva

1 taza de cebolla picada

4 dientes de ajo triturados

6 tazas de caldo de pollo, divididas

1 cucharada de hojas de orégano seco, trituradas

2 cucharadas de comino molido

1 lata (7 oz) de chile verde picado o

   6 chiles Anaheim, asados, pelados, sin semillas

   y picados

1½ libras de masas de puerco cocinadas y deshebradas

1 paquete de Nixtamal, cocido y escurrido o 2 tazas

   (29 oz cada una) de maíz escurrido

ADEREZO:

1 taza de repollo verde rallado

1 taza de rábanos rebanados

Trozos de limón fresco

PROCEDIMIENTO

■ En una olla grande, caliente el aceite y sofría la cebolla hasta que quede suave.

■ Agregue 5 tazas de caldo de pollo, orégano comino, chiles, puerco y maíz. Cocine a temperatura baja por 10 minutos.

■ Derrita la mantequilla en una olla pequeña. Agregue la harina y revuelva.

■ Añada la taza de caldo de pollo restante y cocine hasta que se espese.

■ Añádale el queso y revuelva hasta que se derrita y quede uniforme.

■ Mezcle la salsa de queso con el pozole.

■ Sirva caliente con los aderezos.

Tiempo para cocinarlo, 25 minutos.

6. Luego es necesario agregar la harina y _____la.

   a. volver   **b.** revolver   **c.** recordar

7. Después hay que _____ una taza de caldo de pollo y cocinarlo.

   a. añadir   **b.** añorar   **c.** alejar

8. Después de añadir el queso y revolverlo, usted debe _____ la salsa con el pozole.

   a. mirar   **b.** mezclar   **c.** mecer

9. Al final hay que _____lo caliente.

   a. salir   **b.** servir   **c.** seguir

Copyright © Houghton Mifflin Company. All rights reserved.

LENGUA

Lengua 1: Formal and informal commands

Actividad 5: Emilio y Ana. En la familia Gutiérrez, Emilio es muy positivo y Ana es muy negativa. Vuelve a escribir los mandatos de Emilio en su forma negativa, haciendo todos los cambios necesarios.

Ejemplo: Emilio: Luisita, habla con ellos.

Ana: *Luisita, no hables con ellos.*

1. Emilio: Carlos, paga la cuenta.　　　　Ana: _____

2. Emilio: Sr. Rojas, léamelo lentamente.　　Ana: _____

3. Emilio: Lisa y David, lávense las manos.　Ana: _____

4. Emilio: Sra. Ortiz, díganos el secreto.　　Ana: _____

5. Emilio: Vámonos.　　　　　　　　　　Ana: _____

6. Emilio: Hable con ella.　　　　　　　　Ana: _____

7. Emilio: Sal con Roberto.　　　　　　　Ana: _____

8. Emilio: Doblen a la derecha.　　　　　　Ana: _____

9. Emilio: Sentémonos a la mesa.　　　　　Ana: _____

10. Emilio: Comed vosotros.　　　　　　　Ana: _____

11. Emilio: Vestidos elegantemente.　　　　Ana: _____

Actividad 6: ¡Escúchame! La familia Mandona siempre se comunica entre sí con gritos y mandatos. Una vez te invitaron a comer y oíste la conversación que tuvieron. Llena los espacios en blanco con la forma correcta del mandato adecuado.

SRA. MANDONA: _____ (**1. Sentarse**) ustedes. Es la hora de comer y

preparé una cena especial para todos.

PEPE: Martita, _____ (**2. sentarse**) tú.

SR. MANDONA: Pepe, no le _____ (**3. hablar**) así a tu hermana.

MARTITA: Papá, _____ (**4. decirle**) a Pepe que ya me senté.

SR. MANDONA: _____ (**5. Empezar**) nosotros con el bistec.

SRA. MANDONA: _____ (**6. Empezar**) tú con el bistec. Yo voy a comer

ensalada.

MARTITA: _____ (**7. Comer**) ustedes bistec y ensalada pero yo

voy a tomar leche.

　　　　Copyright © Houghton Mifflin Company. All rights reserved.

PEPE: Martita, _____ (8. tomar) leche. Yo voy a tomar

Coca-Cola.

MARTITA: Pepe, ¡no _____ (9. poner) tus guisantes en mi plato.

PEPE: Martita, ¡no _____ (10. tomar) Coca-Cola!

SRA. MANDONA: ¡Niños, _____ (11. comportarse) bien todos o no voy

a darles postre.

MARTITA: _____ (12. Sonreír), Pepe, debemos ser buenos.

PEPE: _____ (13. Ser) buena primero tú, Martita, y yo te

sigo.

MARTITA: Soy buena. Mamá, _____ (14. darme) un helado.

SRA. MANDONA: _____ (15. Tomar), Martita. Pero Pepe, no le

_____ (16. sacar) nada del plato de tu hermana.

PEPE: Papá, _____ (17. decirle) a mamá que quiero mi

helado.

SR. MANDONA: Pepe, no _____ (18. quejarse). Aquí está el tuyo.

SRA. MANDONA: _____ (19. Comer) nosotros y luego

_____ (20. lavar) ustedes los platos.

SR. MANDONA: ¡_____ (21. Lavarlos) tú más tarde!

MARTITA: Tenemos que ir a un concierto ahora mismo.

SRA. MANDONA: ¡_____ (22. Irse) nosotros todos! ¡Es más fácil ir a un

concierto que comer con esta familia!

Actividad 7: Falta de respeto.   Tu amigo Fernando acaba de darle estos mandatos a su tío. Pero no debe tratar a su tío con la forma de **tú**. Cambia los mandatos a la forma de **usted**.

1. Hazme el favor de escribir la carta.

_____ el favor de escribir la carta.

2. Déjale una buena propina.

_____ una buena propina.

3. ¡Ten cuidado con el helado!

¡_____ cuidado con el helado!

Copyright © Houghton Mifflin Company. All rights reserved.

4. No fumes en el restaurante.

No _____ en el restaurante.

5. Cocínalo bien.

_____ bien.

6. Pon un poco de sal en el agua.

_____ un poco de sal en el agua.

7. Paga con tarjeta de crédito.

_____ con tarjeta de crédito.

8. Camina en el gimnasio.

_____ en el gimnasio.

9. Lávate las manos antes de comer.

_____ las manos antes de comer.

10. Dime si es bueno para la salud.

_____ si es bueno para la salud.

Actividad 8: Mandatos positivos y negativos.   Tu amiga siempre está diciéndote lo que debes hacer. Repite cada mandato con pronombres y en la forma negativa o vice versa. Escribe los mandatos de nuevo en la forma afirmativa y negativa, reemplazando los nombres subrayados por pronombres, haciendo todos los cambios necesarios.

Ejemplo: Dame el libro.   **a.** *Dámelo;*   **b.** *No me lo des.*

1. Lávate las manos.

a. _____   b. _____

2. Pon los libros en la mesa.

a. _____   b. _____

3. Sácame una foto del mercado.

a. _____   b. _____

4. Dame el dinero.

a. _____   b. _____

5. Quítate los zapatos.

a. _____   b. _____

                Copyright © Houghton Mifflin Company. All rights reserved.

Lengua 2: Negative and affirmative expressions

Actividad 9: Palabras negativas. Pon un círculo alrededor de la respuesta correcta de la palabra negativa más adecuada para el contexto.

1. Yo no estudio _____.

   a. nunca   **b.** nadie   **c.** ningún

2. No tengo _____ idea.

   a. ningún   **b.** ninguna   **c.** nunca

3. Ellos no tienen _____ dinero ni tarjeta de crédito.

   a. no   **b.** nadie   **c.** ni

4. Tú no quieres comerlo _____.

   a. tampoco   **b.** también   **c.** nada

5. Yo no tengo _____.

   a. nada   **b.** nunca   **c.** nadie

6. _____ sabe la verdad.

   a. Ningún   **b.** Nadie   **c.** Algún

Actividad 10: Hablando negativamente. Tu prima Flora siempre es negativa y cada oración positiva que tú le dices la vuelve a decir de una manera negativa. Llena los espacios en blanco con las oraciones cambiadas por Flora.

1. El ajo me encanta. _____

2. Alguien sabe cocinar una cazuela. _____

3. Siempre usamos azafrán en la paella. _____

   _____

4. Tengo sal y pimienta. _____

5. Algunos restaurantes se especializan en la comida paraguaya. _____

   _____

Actividad 11: El lado positivo. Cuando Flora te hace preguntas, siempre son negativas y tú, para mostrarle el otro lado del asunto, siempre contestas de una manera positiva. Llena los espacios en blanco contestando las preguntas en forma positiva.

1. ¿No tienes ninguna idea sobre lo que quieres comer? _____

   _____

2. ¿Ella nunca come langosta? _____

Copyright © Houghton Mifflin Company. All rights reserved.

3. ¿A nadie le gusta la cocina de Rosa? _____

4. ¿Tú no desayunas? _____

5. ¿A ti no te interesa ir al restaurante tampoco? _____

Actividad 12: Flora. Ahora te toca a ti hacer el papel de Flora. Aquí hay unas oraciones positivas. Vuelve a escribirlas en su forma negativa.

1. Este restaurante siempre sirve langosta.

_____

2. Algunos camareros son excepcionales.

_____

3. A todos les gusta el café aquí.

_____

4. Alguien siempre te dice algo.

_____

Lengua 3: *Pero / sino / sino que*

Actividad 13: Opciones. Tu amiga Dora siempre habla usando expresiones de contraste. Llena los espacios en blanco con **pero, sino** o **sino que**, según el contexto.

1. No quiero comer en un restaurante, _____ si pagas la cuenta te acompaño.

2. No como carne _____ pescado.

3. Normalmente prefiero cocinar, _____ cuando estoy muy cansada prefiero

comer en un restaurante.

4. No vayas al museo _____ al gimnasio.

5. No voy a freír las patatas, _____ las voy a cocinar en la microonda.

Actividad 14: Mi familia. En tu clase de español tienes que hablar sobre tu familia. Tu familia es bastante trabajadora. Llena los espacios en blanco con **pero, sino** o **sino que**, según el contexto.

En mi familia las personas no son tontas (**1.**) _____ muy inteligentes.

Todas trabajan mucho (**2.**) _____ si hay una fiesta o una oportunidad para

ir de viaje, sacan tiempo (*take the time*) para divertirse. Claro que no se divierten toda la semana

(**3.**) _____ escogen bien sus momentos. Estos momentos no son rutinarios

(**4.**) _____ muy especiales.

     Copyright © Houghton Mifflin Company. All rights reserved.

EXPANSIÓN

Arte

Diego Rivera: *Las sandías,* **1957**

Actividad 15: Las sandías.   El muralista y artista mexicano Diego Rivera (1886–1957, esposo de Frida Kahlo) pintó un cuadro llamado *Las sandías*. Mira la foto y contesta las siguientes preguntas, poniendo un círculo alrededor de la respuesta correcta.

1. ¿Qué frutas hay en la pintura?

   a. manzanas   **b.** peras   **c.** sandías

2. ¿En qué estación del año típicamente se comen las sandías?

   a. invierno   **b.** otoño   **c.** verano

3. ¿En dónde están estas sandías?

   a. en el jardín   **b.** en una mesa   **c.** en un refrigerador

4. ¿Aproximadamente cuántas personas van a comer estas sandías, logicamente?

   a. una   **b.** quince   **c.** quinientas

Copyright © Houghton Mifflin Company. All rights reserved.

Literatura

Pablo Neruda

Pablo Neruda (1904–1993) nació en Chile. Escribió muchas obras poéticas. La película italiana *Il Postino* (El cartero) es sobre su vida de poeta. En 1971 Neruda recibió el Premio Nobel de literatura. Lee la siguiente selección de «Oda a la alcachofa» y contesta las preguntas.

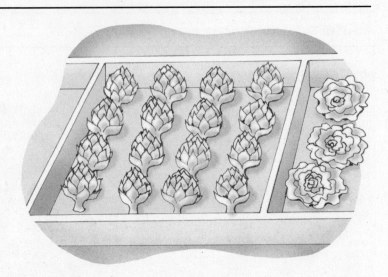

Oda a la alcachofa
por Pablo Neruda

Viene
María
con su cesto,
escoge
una alcachofa,
no le teme,
la examina, la observa
contra la luz como si fuera un huevo,
la compra,

la confunde
en su bolsa
con un par de zapatos,
con un repollo (*cabbage*) y una
botella
de vinagre
hasta
que entrando a la cocina
la sumerge en la olla (*pot*).

Actividad 16: Oda a la alcachofa. Basándote en el poema, contesta las siguientes preguntas, poniendo un círculo alrededor de la respuesta correcta.

1. ¿Quién viene?

   a. Marta   **b.** María   **c.** Margarita

2. ¿Qué escoge?

   a. una cebolla   **b.** una zanahoria   **c.** una alcachofa

3. ¿Cómo examina la alcachofa?

   a. rápidamente   **b.** cuidadosamente   **c.** sin interés

4. ¿Dónde pone la alcachofa después de comprarla?

   a. en su zapato   **b.** en la botella   **c.** en su bolsa

5. ¿Dónde pone la alcachofa cuando entra a la cocina?

   a. en el refrigerador   **b.** en la olla   **c.** en la mesa

Copyright © Houghton Mifflin Company. All rights reserved.

Redacción

Actividad 17: Ensayo: Comida y salud.   Aquí vas a dar una "receta" para tener buena salud en la vida. Primero haz una lista de ocho alimentos que debes comer.

Etapa 1: Preparar

_____   _____   _____   _____

_____   _____   _____   _____

Etapa 2: Organizar

Ahora organiza tu lista según las comidas del día (puedes repetir algunas).

Para el desayuno: _____

Para el almuerzo: _____

Para la cena: _____

Etapa 3: Dibujar

Haz dibujos de varias comidas especiales. Puedes usar revistas o crear tu propia arte.

Etapa 4: Escribir

Escribe el ensayo usando los mandatos informales.

    Ejemplo: Empieza el día con un vaso de jugo de naranja.

_____

_____

_____

_____

_____

Copyright © Houghton Mifflin Company. All rights reserved.

Capítulo 6 | EL MEDIO AMBIENTE Y LA ECOLOGÍA

TEMAS Y CONTEXTOS

Lectura

El regreso del lobo fino de Guadalupe: Una población en ascenso
por Carlos Navarro y Juan P. Gallo

Debido a la alta calidad de su piel, el lobo fino (*sea wolf*) de Guadalupe se vio sometido a una intensa persecución por parte de cazadores rusos y estadounidenses durante buena parte del siglo XIX y principios del siglo XX. A tal grado llegó la matanza que se le declaró extinto comercialmente en 1892; tiempo después, durante la década de 1920, se creyó que esta especie endémica del Pacífico oriental había sido exterminada.

En 1922 el gobierno mexicano declaró a la isla de Guadalupe, en el Pacífico mexicano, como zona de refugio de fauna silvestre (*wild animals*) para evitar la matanza que aún continuaba del entonces, también amenazado, elefante marino del norte, del lobo marino de California y de la nutria marina. Afortunadamente, el posterior descubrimiento de una pequeña colonia reproductora de 60 individuos sobrevivientes en 1926 en la isla de Guadalupe probó que el lobo fino de Guadalupe aún existía. Más tarde, Carl L. Hubbs reencontró la especie en 1954 al observar un grupo con crías en la isla; desde entonces, su recuperación ha sido seguida con mucho interés. Aunque hace poco se estableció una pequeña colonia reproductora en las islas San Benito, Baja California, así como algunos individuos en la isla San Miguel, frente a California, la gran mayoría de la población del lobo fino de Guadalupe se reproduce en dicha isla. En junio del 2000 se llevó a cabo (*was carried out*) el más reciente conteo de la población de lobos finos, durante la expedición a la isla de Guadalupe organizada por el Museo de Historia Natural de San Diego, California. El resultado indica que la población continúa en aumento (*increase*), con cerca de 9.827 individuos. No obstante, al concentrarse la gran mayoría del esfuerzo (*effort*) reproductivo de la especie en un área tan delimitada, la especie sigue siendo vulnerable y debe continuarse el esfuerzo de protección que tan buenos resultados ha tenido.

Actividad 1: El lobo fino.   Contesta las siguientes preguntas, poniendo un círculo alrededor de la respuesta correcta.

1. ¿Por qué cazaron el lobo fino de Guadalupe en el siglo XIX y a principios del siglo XX?

   a. por la expedición   **b.** por la calidad de piel

2. ¿Cuándo se declaró esta especie exterminada?

   a. en dos mil tres   **b.** en mil ochocientos noventa y dos

Copyright © Houghton Mifflin Company. All rights reserved.

3. ¿Para qué uso fue declarada la isla de Guadalupe en 1922?

   a. zona de refugio   **b.** zona de cazadores

4. ¿Cuál era otro animal en peligro de extinción en la década de 1920?

   a. el perro marino   **b.** el elefante marino

5. ¿Cuál fue la prueba de que el lobo fino de Guadalupe existía en 1926?

   a. Encontraron una colonia de 60 lobos finos.   **b.** Encontraron muchas matanzas.

6. En el año 2000, ¿qué museo organizó una expedición para contar los lobos finos?

   a. el Museo de Bellas Artes en San Diego.   **b.** el Museo de Historia Natural de San Diego.

7. ¿Qué pasa ahora?

   a. La especie es vulnerable.   **b.** La especie está extinta.

Vocabulario

Actividad 2: Acciones y cosas. Raúl y Alberto siempre hablan de las cosas, usando palabras de acción. Pon la palabra relacionada con el verbo en negrilla.

> **Ejemplo:**   RAÚL: Es necesario **conservar** los recursos naturales.
>
>   ALBERTO: La <u>conservación</u> de los recursos naturales es una necesidad.

1.   RAÚL: Es una buena idea **prevenir** una escasez de recursos naturales con un programa de

   conservación.

   ALBERTO: La _____ de una escasez de recursos naturales, por medio de

   un programa de conservación es una buena idea.

2.   RAÚL: Muchas veces la gente **contamina** el ambiente con su basura.

   ALBERTO: La basura de la gente causa mucha _____ del ambiente.

3.   RAÚL: Es irresponsable **deforestar** la tierra sin replantar.

   ALBERTO: La _____ de la tierra sin replantación es irresponsable.

4.   RAÚL: El coche ideal no **emite** muchos gases en el ambiente.

   ALBERTO: El coche ideal produce poca _____ de gases en el ambiente.

5.   RAÚL: Si el hombre mata muchos animales, éstos se exponen a **extinguirse**.

   ALBERTO: Las matanzas de muchos animales por el hombre pueden causar la

   _____ de estos animales.

6.   RAÚL: Es importante **proteger** el ambiente de muchos pesticidas tóxicos.

   ALBERTO: La _____ del ambiente de pesticidas tóxicos tiene mucha

   importancia.

7.   RAÚL: No es buena idea **sobrepoblar** una región.

   ALBERTO: La _____ de una región es mala idea.

 Copyright © Houghton Mifflin Company. All rights reserved.

Actividad 3: La conferencia. Vas a dar una conferencia sobre el ambiente y necesitas aprender unas palabras importantes. Pon un círculo alrededor de la palabra que mejor se asocie con la idea principal.

	A	**B**	**C**
1. bienestar	a. salud	b. enfermedad	c. desastre
2. perjudicar	a. juzgar	b. dañar	c. aguantar
3. capa	a. insecticida	b. ozono	c. plástico
4. bosque	a. océano	b. carbón	c. deforestación
5. derrame	a. ramas	b. humo	c. petróleo
6. echar	a. botar	b. recargar	c. talar
7. cartón	a. cómico	b. aluminio	c. papel
8. encender	a. prender	b. aprender	c. perder
9. ceniza	a. fuego	b. agua	c. plomo
10. nocivo	a. nocturno	b. dañino	c. inocente
11. aguantar	a. llover	b. llorar	c. tolerar
12. basura	a. desechable	b. amable	c. potable

Cultura

Actividad 4: La ecología del mundo.   Lee el siguiente artículo escrito por una persona que está tratando de mejorar el mundo. Luego contesta las preguntas, poniendo un círculo alrededor de la respuesta correcta.

Si no conservamos electricidad, petróleo y agua nuestra civilización morirá. Estamos en una sociedad que suele echarlo todo a la basura o a la cesta de reciclaje. Pero reciclar no es la solución para todos los problemas. Lo que debemos hacer es usar menos. Debemos apagar las luces cuando no las necesitamos. Debemos usar transporte público cuando sea posible y debemos manejar coches más pequeños, aquellos que utilizan menos gasolina. No debemos tomar duchas largas usando demasiada agua caliente. Es importante no regar demasiado nuestros jardines, sobre todo si son sólo jardines de flores y no plantas comestibles. Creo que es necesario comprar menos y usar más de lo que ya tenemos.

1. Según el autor de este artículo ¿qué se debe conservar para garantizar la supervivencia de nuestra civilización?

    a. basura, coches, flores   b. agua, petróleo, electricidad

2. ¿Adónde echamos nuestros desechos?

    a. al lago   b. a la basura

3. ¿Cuál es la otra solución que propone el autor que debemos hacer además de reciclar?

    a. comprar más   b. usar menos

4. ¿Qué podemos hacer para conservar electricidad?

    a. apagar las luces   b. prender las luces

Copyright © Houghton Mifflin Company. All rights reserved.

5. ¿Qué podemos hacer para conservar agua?

   a. ducharnos menos

   b. regar más

6. ¿Qué podemos hacer para conservar petróleo?

   a. manejar coches grandes sin pasajeros

   b. usar transporte público

LENGUA

Lengua 1: Future tense

Actividad 5: Los ambientalistas. Estás hablando con amigos sobre el ambiente y el futuro. Completa las oraciones con la forma correcta del verbo en el futuro.

1. Yo _____Sabre_____ (**saber**) si mi televisor es de aluminio o de plástico.

2. Ellos _____haran_____ (**hacer**) todo lo posible por mejorar el ambiente.

3. Nosotros _____Vendremos_____ (**venir**) al bosque.

4. Tú _____estaras_____ (**estar**) aquí temprano.

5. Usted _____querran_____ (**querer**) examinar la lluvia ácida.

6. Ella _____subira_____ (**subir**) a una montaña para observarlo.

7. Nosotros _____tendremos_____ (**tener**) muchas conferencias sobre el futuro de la selva tropical.

8. _____habremos_____ (**haber**) un discurso importante sobre la preservación de nuestros recursos naturales.

Actividad 6: Hoy es mañana. Todo lo que tú y tus amigos pensaban hacer hoy lo harán mañana, debido a una tormenta en tu ciudad. En los espacios en blanco cambia la forma del verbo en negrilla al futuro.

1. Yo **leo** una novela. Mañana yo _____leere_____ dos novelas.

2. Mi amigo Pepe **sale** para Madrid. Mañana mi amigo Pepe _____saldra_____ para Buenos Aires.

3. **Cierro** la tienda a las dos. Mañana yo ~~cerrare~~ _____cerrare_____ la tienda a las nueve.

4. **Vienen** a celebrar mi cumpleaños. Mañana ellos _____Vendremos_____ a celebrar tu cumpleaños.

5. Patricia **va** al mercado. Mañana Patricia _____ira_____ al supermercado.

6. **Tengo** que estudiar para un examen. Mañana yo ~~tendre~~ _____tendre_____ que estudiar para dos exámenes.

Copyright © Houghton Mifflin Company. All rights reserved.

7. Hay una reunión en el laboratorio del científico. Mañana __habrá__ una

reunión en el laboratorio de la científica.

8. Quepo ~~cuber~~ en la silla pequeña del comedor. Mañana __cabré__ también.

9. **Puedo** preparar mi presentación oral. Mañana yo __podré__ dar mi

presentación oral.

10. **Comemos** mucha paella. Mañana nosotros __Comeremos__ mucha tortilla.

Actividad 7: Probabilidad. Tu tía siempre se imagina las cosas que pueden pasarles a sus amigos. Vuelve a escribir estas oraciones en el futuro de probabilidad, sustituyendo las palabras en negrilla con un solo verbo en el tiempo futuro.

Ejemplo: **Marisa probablemente va** al cine.   *Marisa irá al cine.*

1. **Debe ser** tu amigo. _____

2. **Probablemente** tu amigo **tiene** unos veinte años. _____

3. **Me pregunto si** este amigo tuyo **está** bien. _____

4. **Creo que viene** a la fiesta con su novia. _____

5. **Sospecho que** su novia **habla** mucho. _____

6. **Deben estar** muy enamorados. _____

7. **Posiblemente se casan** pronto. _____

Lengua 2: Conditional tense

Actividad 8: En el mundo ideal... Imagínate un mundo ecológico donde todo el mundo colabore para el bien de todos. Completa cada oración con la forma correcta del verbo en el condicional.

1. Yo _____ (**poder**) respirar aire puro sin gases tóxicos.

2. Nosotros _____ (**mantener**) los parques limpios sin desperdicios.

3. Tú _____ (**poner**) toda tu basura en cajas reciclables.

4. Los extranjeros _____ (**ser**) nuestros aliados en proyectos de conservación.

5. Yo _____ (**limpiar**) toda la basura de las calles de mi pueblo.

6. Nosotros _____ (**comer**) solamente comida saludable.

7. El trabajo _____ (**valer**) la pena para preservar el mundo.

8. Nuestro amigo _____ (**vivir**) en una casa con energía solar para no usar

demasiada electricidad.

9. Tú les _____ (**decir**) a la gente que no debe abusar de nuestro medio

ambiente.

Copyright © Houghton Mifflin Company. All rights reserved.

Actividad 9: El pasado probable. Cambia las oraciones de tu compañero Hugo al condicional de probabilidad para expresar probabilidad en el pasado.

1. **Eran** las ocho de la noche. _____

2. **Llegaba** mucha gente. _____

3. El jefe **tuvo** una fiesta para sus empleados. _____

4. Todas las señoras **hablaban** de los jardines españoles.

   _____

5. Todos los señores **dijeron** mucho sobre la selva latinoamericana.

   _____

6. **Fue** una fiesta de especialistas en el medio ambiente.

   _____

7. Mi amigo Federico **se sintió** bien después de la fiesta.

   _____

8. Los hijos de Federico **durmieron** toda la noche en la casa de sus abuelos.

   _____

Actividad 10: Especialista en el medio ambiente. Al conseguir un trabajo como especialista en el medio ambiente, ¿qué harías tú? Contesta esta pregunta con oraciones completas, usando los verbos indicados en el condicional.

   Ejemplo: ir: *Yo iría a Latinoamérica para salvar la selva tropical.*

1. purificar _____

2. prevenir _____

3. tirar _____

4. reducir _____

5. proteger _____

6. conservar _____

  Copyright © Houghton Mifflin Company. All rights reserved.

Lengua 3: Diminutive and augmentative forms

Actividad 11: Tu tesorito.   Aquí tienes el modelo de la casa de tus sueños. Usando diminutivos, describe lo que ves en esta escena. La primera respuesta es un ejemplo.

1. ___*mi casita*___

2. _____

3. _____

4. _____

5. _____

6. _____

7. _____

8. _____

Copyright © Houghton Mifflin Company. All rights reserved.

Actividad 12: Tengo un perro. Acabas de comprar un perro y quieres describírselo a tu mejor amiga. Para expresar el cariño y amor que sientes por el animal, cambia las palabras en negrilla a su forma diminutiva.

Ahora (1.) _____ acabo de

comprar un **perro (2.)** _____

chico (3.) _____ llamado

Fidel. (4.) _____ Es un

animal (5.) _____ **cariñoso**

(*affectionate*) **(6.)** _____ y me

encantan sus **ladridos (7.)** _____

de alegría cuando llego a mi **apartamento**

(8.) _____ todas las

noches (9.) _____.

A mi **hermano (10.)** _____ le gusta mucho porque es **pequeño**

(11.) _____ y **joven (12.)** _____.

Actividad 13: Tengo una gata. Tienes esta gata en tu casa desde hace casi quince años y parece que es la reina de la casa. Para describir a este animal gordo y perezoso cambia las palabras en negrilla a su forma aumentativa.

Mi **gata (1.)** _____ **Juana**

(2.) _____ vive en mi **casa**

(3.) _____ y lo domina todo.

Por la mañana come su **desayuno**

(4.) _____ y no me deja

en paz hasta que yo le pongo su **plato**

(5.) _____ lleno de **comida**

(6.) _____. Todo el día me

mira con sus **ojos (7.)** _____

grandes (8.) _____ como para

llamarme la atención constantemente. Gracias a Dios a ella le gusta dormir mucho y todas las tardes

toma una **siesta (9.)** _____.

Copyright © Houghton Mifflin Company. All rights reserved.

EXPANSIÓN

Arte

El Greco: *Vista de Toledo,* **1597–1599**

Actividad 14: Toledo.   Vas a ir al Museo Metropolitano de Arte en Nueva York donde verás el original de esta reproducción. Mira esta foto del cuadro famoso de El Greco sobre la ciudad española de Toledo y contesta las siguientes preguntas, poniendo un círculo alrededor de la respuesta correcta.

1. ¿Dónde están los edificios?

   a. en una colina   b. en las nubes

2. ¿Qué edificio religioso hay en la pintura?

   a. una fábrica   b. una iglesia

Copyright © Houghton Mifflin Company. All rights reserved.   Capítulo 6   **129**

3. ¿Quién pintó este cuadro?

   a. El Greco   b. Picasso

4. ¿De qué país es la pintura?

   a. España   b. México

Literatura

Actividad 15: Bécquer. Después de leer unas estrofas del poema "Volverán las oscuras golondrinas" por el escritor español Gustavo Adolfo Bécquer del siglo XIX, contesta las preguntas, poniendo un círculo alrededor de la respuesta correcta.

Volverán las oscuras golondrinas
por Gustavo Adolfo Bécquer

Volverán las oscuras golondrinas (*swallows*)
en tu balcón sus nidos (*nests*) a colgar,
y otra vez con el ala (*wing*) a sus cristales
jugando llamarán.

Pero aquéllas que el vuelo refrenaban
tu hermosura y mi dicha al contemplar,
aquéllas que aprendieron nuestros nombres,
ésas... ¡no volverán!

Volverán las tupidas madreselvas (*thick honeysuckle bushes*)
de tu jardín las tapias (*walls*) a escalar
y otra vez a la tarde, aún más hermosas,
sus flores se abrirán.

Pero aquéllas, cuajadas de rocío
cuyas gotas mirábamos temblar
y caer como lágrimas del día...
ésas... ¡no volverán!

1. ¿En dónde van a volver las golondrinas?

   a. en el balcón   b. en el rocío

2. ¿Qué van a colgar las golondrinas?

   a. su balcón   b. sus nidos

3. ¿Con qué parte de su cuerpo van a tocar el cristal las golondrinas?

   a. con el alma   b. con el ala

4. ¿Qué flores van a volver al jardín?

   a. las rosas   b. las madreselvas

5. ¿Cuándo van a abrir las flores?

   a. durante la tarde   b. durante el día

   Copyright © Houghton Mifflin Company. All rights reserved.

Redacción

Actividad 16: Ensayo: Un problema.   Escribe un ensayo sobre cierto problema ecológico en tu universidad.

Etapa 1: El área general del problema: _____

Etapa 2: La organización:

Problemas	Causas de los problemas	El problema en el futuro

Etapa 3: El ensayo:

Primer párrafo: Describe el problema ecológico:

_____

_____

_____

Segundo párrafo: Las causas de este problema:

_____

_____

_____

Tercer párrafo: El problema en el futuro:

_____

_____

_____

Cuarto párrafo: Algunas ideas personales sobre cómo se podría resolver este problema:

_____

_____

_____

Copyright © Houghton Mifflin Company. All rights reserved.

Capítulo 7

PASADO
Y PRESENTE

TEMAS Y CONTEXTOS

Lectura

Para saber más sobre la cultura de los mayas, lee el artículo y contesta las preguntas.

Desentierran misterios mayas

Una ciudad abandonada sale a la luz en Belice

En las entrañas del bosque tropical al noroeste de Belice, Norman Hammond halló una verdadera sede (*headquarters*) de gobierno. El trono ceremonial maya no es más que uno de los recientes descubrimientos realizados por el profesor de arqueología de la Universidad de Boston, quien es becario de la Sociedad desde hace veintidós años. Hammond y sus compañeros han pasado ocho años excavando La Milpa, antigua ciudad maya que albergó (*housed*) a unos 50 mil habitantes. Otros hallazgos (*findings*) incluyen una urna, que podría representar a una deidad maya. Los gobernantes de La Milpa construyeron un palacio, templos y una plaza mayor enorme, más grande que dos campos de fútbol. La ciudad, que floreció durante menos de dos siglos, fue abandonada alrededor del año 850 d.C.

Hammond también ha realizado excavaciones en Cuello, Belice, uno de los sitios mayas más antiguos que se conocen. El trabajo realizado en 2001 condujo al descubrimiento de una ocarina (*musical instrument*) en forma de tortuga, la cual pudo haber sido utilizada bien en ceremonias rituales, o bien como juguete.

Copyright © Houghton Mifflin Company. All rights reserved.

Actividad 1: Misterios mayas. Contesta las preguntas poniendo un círculo alrededor de la respuesta correcta.

1. ¿Qué era La Milpa?

   a. una ciudad   **b.** un trono

2. ¿Aproximadamente cuántas personas vivían en La Milpa?

   a. ventidós mil   **b.** cincuenta mil

3. Además de una plaza mayor y templos, ¿qué construyeron los mayas aquí?

   a. un palacio   **b.** un teatro

4. ¿En qué país está esta ciudad?

   a. en Guatemala   **b.** en Belice

5. ¿Qué forma animal tiene el instrumento musical que encontraron?

   a. tortuga   **b.** tigre

Vocabulario

Actividad 2: Familias. Llena los espacios en blanco con la palabra relacionada con el verbo en negrilla.

1. **Conquistaron** a los indígenas. Los _____ eran numerosos y la

   _____ duró poco.

2. Los indios **cultivaron** maíz. El _____ de esta comida importante era una

   responsabilidad de las mujeres.

3. Los hombres **lucharon** contra las malas condiciones de la tierra, pero su _____

   no valió la pena debido a la tormenta que llegó en el mes de agosto.

4. **Inventaron** la rueda y esta _____ cambió la sociedad.

5. Ella siempre **adivinaba** el futuro amoroso de las parejas en su pueblo. Esta

   _____ tenía mucho éxito porque sus _____ casi

   siempre eran correctas. Sin embargo, su secreto era que conocía muy bien a la gente.

6. Los romanos **construyeron** puentes y acueductos en todas partes de Europa. Estas

   _____ se pueden ver hoy en día en muchas partes de España, sobre todo

   en Segovia cuyo acueducto es de los más famosos.

 Copyright © Houghton Mifflin Company. All rights reserved.

Actividad 3: La visita. Vas a visitar un pueblo en Latinoamérica muy viejo con mucha historia indígena. Mira la lista de palabras y pon un círculo alrededor de la palabra que NO pertenezca en cada grupo.

	A	**B**	**C**	**D**	**E**
1.	a. novela	b. codo	c. libro	d. códice	e. carta
2.	a. primavera	b. mes	c. calendario	d. año	e. calentado
3.	a. encima	b. altura	c. arriba	d. apogeo	e. abajo
4.	a. silla	b. cuero	c. jerarquía	d. piel	e. abrigo
5.	a. clímax	b. montaña	c. final	d. cumbre	e. lumbre
6.	a. brujo	b. curandero	c. médico	d. enfermera	e. curioso
7.	a. plata	b. oro	c. roca	d. lana	e. metal
8.	a. soldado	b. escena	c. esclavo	d. escudero	e. rey
9.	a. esfuerzo	b. importancia	c. poder	d. influencia	e. pollo
10.	a. ídolo	b. dios	c. diosa	d. deidad	e. adivina
11.	a. subyugar	b. destruir	c. conquistar	d. construir	e. vencer

Cultura

Actividad 4: El pasado precolombino. Para saber un poco más sobre Latinoamérica antes de la llegada de Cristóbal Colón, lee la selección y completa las oraciones llenando los espacios en blanco con la palabra correcta de la siguiente lista.

artefactos	ciudades	incas	mayas	museos
aztecas	costumbres	indígenas	monumentos	

En el pasado vivieron muchos grupos indígenas como los de los incas, los mayas y los aztecas en Latinoamérica antes de la llegada de los conquistadores. Cada grupo tenía sus propias costumbres, tradiciones y creencias. Hoy en día se pueden ver los restos de estas civilizaciones en los monumentos y los artefactos en muchas ciudades abandonadas y en ruinas. También muchos de los artefactos se pueden ver en museos en todas partes del mundo.

1. Cuando llegaron los conquistadores, vivían muchos grupos _____ en

   Latinoamérica.

2. Cada grupo indígena tenía sus propias _____, tradiciones y creencias.

3. Hay evidencia de la vida de estas civilizaciones en muchas _____ abandonadas.

4. Muchos de sus _____ están en museos.

Copyright © Houghton Mifflin Company. All rights reserved.

LENGUA

Lengua 1: Progressive tenses

Actividad 5: ¿Qué está pasando? Quieres saber lo que está pasando ahora en tu residencia en la universidad y hablas por teléfono con tu amigo Enrique que te lo cuenta todo. Completa las oraciones con la forma correcta del verbo en el presente del progresivo.

1. Nosotros _____ (**divertirse**) mucho esta noche en nuestra

   residencia.

2. Como hay mucha música nadie _____ (**dormir**).

3. Los estudiantes _____ (**traer**) mucha comida a nuestra fiesta.

4. Mi compañero de cuarto _____ (**leer**) un libro sobre la Guerra

   Civil española. No le importa el ruido de la gente.

5. Mis amigos atléticos _____ (**jugar**) al fútbol americano en el

   pasillo de la residencia.

6. Yo _____ (**crear**) un regalo maravilloso para celebrar el

   cumpleaños de mi compañero de cuarto.

7. Los jóvenes no _____ (**huir**) de la universidad porque les gustan

   nuestras fiestas y nuestra música.

8. Los estudiantes no _____ (**oír**) las noticias porque todo el mundo

   tiene su radio puesto para escuchar el nuevo disco compacto de Shakira.

Actividad 6: ¿Qué estaba pasando cuando...? El año pasado hubo muchos desastres en tu ciudad. Para expresar lo que estaba ocurriendo durante cada desastre, llena los espacios en blanco con la forma correcta del verbo en el pasado del progresivo.

1. Yo no _____ (**sentirse**) bien cuando toda mi familia se enfermó de

   la gripe.

2. Mi amiga me _____ (**escribir**) una carta cuando hubo un apagón.

   Ella estuvo cinco días sin electricidad.

3. Ellos _____ (**hacer**) su tarea cuando llegó un tornado y destruyó la

   residencia donde vivían.

4. Yo _____ (**tener**) problemas con mi computadora cuando llegó un

   virus en un correo electrónico.

5. Nosotros _____ (**construir**) una casa cuando hubo un incendio en

   el barrio.

  Copyright © Houghton Mifflin Company. All rights reserved.

6. Tú _____ (creer) todo lo que te decía tu amigo cuando yo

descubrí que él te mentía constantemente.

7. Nosotros te _____ (decir) la verdad sobre la situación económica

cuando los ladrones te robaron cosas de la casa.

Actividad 7: ¿Qué está haciendo Julia?   Mira los dibujos y llena los espacios en blanco para describir lo que ella está haciendo, usando el presente del progresivo.

1. Julia _____ en su dormitorio.

2. Ella _____ por teléfono.

3. Julia _____ un buen desayuno.

4. Ella _____ la televisión.

Actividad 8: ¿Qué estaba haciendo Julia?   Mira otra vez los dibujos de la *Actividad 7* y llena los espacios en blanco para describir lo que Julia estaba haciendo, usando el pasado del progresivo.

1. Julia _____ en su dormitorio cuando sonó su

despertador. Eran las ocho de la mañana.

2. Ella _____ por teléfono cuando sonó su

teléfono móvil.

3. Julia _____ un buen desayuno mientras

su perro la miraba con hambre.

4. Ella _____ la televisión cuando se dio cuenta

de que era la una de la madrugada y que había pasado casi todo el día frente a la televisión.

Copyright © Houghton Mifflin Company. All rights reserved.

Lengua 2: Perfect tenses (indicative)

Actividad 9: Hasta ahora. ¡Tú eres procrastinador! Tu profesora te pregunta sobre tu tarea y siempre tienes una excusa para no entregarla. Llena los espacios en blanco con la forma correcta del presente perfecto de los verbos entre paréntesis.

Excusas

1. Todavía yo no _____ (**hacer**) mi tarea por buenas razones.

2. Hasta ahora mi novio/a no me _____ (**decir**) si me quiere de veras y estoy muy triste. No puedo concentrarme en mis estudios.

3. Esta semana _____ (**ser**) muy difícil para mí porque tengo gripe. Me siento mal.

4. Yo no _____ (**escribir**) el ensayo todavía porque mi computadora no funciona.

5. Todavía yo no _____ (**leer**) el libro de historia porque mi hermano lo tiene.

Actividad 10: Una vida organizada. Aunque tiene una vida social muy activa, tu compañera de cuarto siempre entrega toda su tarea a tiempo. Es que es muy organizada. Ella te da unos consejos. Llena los espacios en blanco con la forma correcta del pluscuamperfecto del verbo entre paréntesis.

1. Yo ya _____ (**ver**) a mi profesor antes de empezar mi tarea.

2. Yo _____ (**divertirse**) sólo un poco antes de estudiar para el examen.

3. Mi primo y yo ya _____ (**planear**) las horas para estudiar antes de ir a la fiesta.

4. Yo _____ (**volver**) de la fiesta antes que muchos de mis amigos, porque sabía que tenía que estudiar por tres horas para el examen.

5. Yo _____ (**abrir**) mi puerta para invitar a mis amigos a una fiesta sólo después de terminar mis tareas.

Actividad 11: Una vida planeada. Tienes una prima que siempre piensa en el futuro y aquí te revela los planes para su boda. Llena los espacios en blanco con la forma correcta del futuro perfecto del verbo entre paréntesis.

1. Yo _____ (**casarse**) antes que todas mis amigas.

2. Mi novio y yo _____ (**resolver**) todos nuestros problemas antes de la boda.

     Copyright © Houghton Mifflin Company. All rights reserved.

3. Las antiguas novias de mi novio _____ (romper) por completo con

él antes de nuestra ceremonia.

4. Los amigos de mi novio _____ (hacer) sus planes para ayudarnos

a construir una casa.

5. Yo _____ (poner) bastante dinero en el banco para poder pagar

todas las cuentas de la recepción de nuestra boda.

Actividad 12: Cambiar el pasado. Acabas de dar una fiesta que fue un fracaso total porque muchos de tus amigos no hicieron lo que tú les pediste. Ahora tú y tus amigos comentan sobre la situación y lo que habrían hecho. Llena los espacios en blanco con la forma correcta del condicional pasado del verbo entre paréntesis.

1. Nosotros no _____ (comer) antes de tu fiesta.

2. Yo _____ (ir) al supermercado para comprar postres.

3. Tú _____ (cubrir) la mesa con un mantel.

4. Ellos _____ (describir) mejor el tipo de fiesta en la invitación.

5. Yo no _____ (dormirse) durante la fiesta.

Lengua 3: Prepositions

Actividad 13: Dónde y cuándo. Tú y tus amigos se reunieron recientemente para trabajar en un proyecto para una presentación en grupo. Llena los espacios en blanco con la forma correcta de la palabra según el contexto. Escoge de la lista, usando cada palabra sólo una vez.

antes	entre	por	sin
desde	hasta	según	

1. _____ de reunirnos para trabajar todos leímos muchos artículos de la

biblioteca.

2. No puedo trabajar _____ mi amiga Luz. Necesito sus ideas para mi

proyecto.

3. _____ lo que dice ella, yo tengo buena memoria para los detalles, pero no

soy muy creativa.

4. _____ Luz y yo creamos cosas brillantes.

5. Todo nuestro grupo trabajó _____ las seis de la tarde

_____ las tres de la mañana.

6. _____ esa noche nadie durmió. Presentamos nuestro proyecto al día

siguiente en clase y fue un éxito fenomenal.

Copyright © Houghton Mifflin Company. All rights reserved.

Actividad 14: La fiesta.   Tus amigos te invitaron a una fiesta especial y querías llegar a tiempo, pero tuviste unas complicaciones. Lee el párrafo y completa las oraciones, escribiendo la palabra adecuada de la lista. Puedes usar cada palabra más de una vez, pero debes usar todas las expresiones.

antes de	delante de	después de	lejos de
debajo del	dentro de	en vez de	

(1.) _____ ir a la fiesta tuve que prepararme. (2.) _____

treinta minutos me duché, me vestí y me arreglé. (3.) _____ ir en coche

decidí ir en taxi, pero (4.) _____ una hora sin llegar el taxi tuve

que usar mi propio coche. Traté de estacionar (5.) _____ la casa pero

tuve que dejar mi coche un poco (6.) _____ lugar de la fiesta.

(7.) _____ salir de mi coche me di cuenta de que empezaba a llover. Pero

(8.) _____ asiento en mi coche había un paraguas que usé para llegar bien

a la fiesta. Me divertí mucho aunque tuve que caminar bastante después para encontrar mi coche.

Actividad 15: Una obra de teatro.   Vas a ir a un ensayo de una obra de teatro en tu universidad y tienes que describir lo que pasa. Llena los espacios en blanco con la preposición correcta, seleccionando de las palabras de la lista.

delante	frente	lado
derecha	izquierda	sobre

El emperador está (1.) _____ de la pirámide. Hay una corona (*crown*)

elegante (2.) _____ la cabeza del emperador. Su astrónomo está a la

(3.) _____ de él y su curandera está a la (4.) _____

de él. Al (5.) _____ del escenario está el ingeniero que está planeando el

espectáculo. Las sillas para el público están (6.) _____ al escenario.

   Copyright © Houghton Mifflin Company. All rights reserved.

EXPANSIÓN

Arte

Actividad 16: Las molas.   Para aprender algo sobre estos diseños especiales, lee la selección y completa las oraciones, poniendo un círculo alrededor de la respuesta correcta.

En Panamá las mujeres de la cultura kuna usan unas blusas conocidas como «molas», que llevan figuras geométricas. Muchas veces los dibujos representan animales diseñados con formas muy vívidas y alegres. También usan colores muy fuertes como rojo, verde y negro, para estos diseños distintivos.

1. Las molas son _____ con figuras geométricas.

   a. blusas   **b.** faldas   **c.** pantalones

2. _____ suelen usar molas.

   a. Los hombres   **b.** Los animales   **c.** Las mujeres

3. Los colores principales para las molas son _____, verde y negro.

   a. amarillo   **b.** rojo   **c.** blanco

4. Las molas son de _____.

   a. Panamá   **b.** México   **c.** Paraguay

Copyright © Houghton Mifflin Company. All rights reserved.

Literatura

Actividad 17: La creación.   Lee esta selección en español del *Popol Vuh*, libro antiguo y sagrado de los mayas, conocido como la "Biblia quiché" de los pueblos indígenas de Guatemala. Basándote en la lectura decide si cada oración del ejercicio es correcta, poniendo **V** si es **verdadera** y **F** si es **falsa**. Esta selección es sobre el ambiente en que se formó la Tierra.

Popol Vuh
Anónimo

Éste es el relato de cómo todo estaba en suspenso, todo estaba en calma y en silencio; todo estaba inmóvil, todo tranquilo y vacía la inmensidad de los cielos.

Ésta es, pues, la primera palabra y el primer relato. No había aún un solo hombre, un solo animal; no había pájaros, peces, bosques, piedras, hierbas; sólo el cielo existía.

No había sino las tranquilas aguas; sino el mar en calma y solo, dentro de sus límites, pues no había nada que existiera.

No había más que la inmovilidad y el silencio en la oscuridad, en la noche. Estaba también solo El Creador, El Formador, El Dominador, La Serpiente cubierta de Plumas. Los que engendran, los que dan la vida, están sobre el agua como una luz creciente.

_____   **1.** Primero existía el hombre.

_____   **2.** Al principio no había cielo.

_____   **3.** Había mucho ruido.

_____   **4.** Faltaban bosques y hierbas.

_____   **5.** Había aguas tranquilas.

Copyright © Houghton Mifflin Company. All rights reserved.

Redacción

Actividad 18: Ensayo: Comparación y contraste.   Escribe un ensayo sobre la vida de una líder famosa y sobre tu vida. Primero haz una lista de las semejanzas y diferencias entre la vida de la líder y la tuya.

Mi vida: lo bueno y lo malo

_____

_____

_____

_____

La vida de la líder: lo bueno y lo malo

_____

_____

_____

_____

Primer párrafo: Describe tu vida

_____

_____

_____

_____

_____

Segundo párrafo: Describe la vida de la líder

_____

_____

_____

_____

_____

Tercer párrafo: Compara las dos vidas

_____

_____

_____

_____

_____

Copyright © Houghton Mifflin Company. All rights reserved.

Capítulo 8

NEGOCIOS
Y FINANZAS

TEMAS Y CONTEXTOS

Lectura

Estabas buscando información sobre el mundo del trabajo en un periódico español. Lee el artículo sobre José Luis Iborte y contesta las preguntas.

"Me voy a morir pensando en lo que he dejado de leer y aprender" (adaptado)

Por R. Barroso

F. Simón

Iborte se define como estudioso, que no estudiante, y ensalza las virtudes de la voluntad, «lo único de lo que diponemos»

Copyright © Houghton Mifflin Company. All rights reserved.

Capítulo 8   **145**

José Luis Iborte, de 76 años, acaba de terminar su décima carrera, medicina, y ya piensa en empezar la siguiente: psicología. Apasionado de la música, la literatura y la pintura, conversar con él es asomarse al balcón de la sabiduría. Humilde, dice que sólo tiene un nivel cultural "decente", y añade: "me voy a morir pensando en lo que dejé de leer y aprender".

MADRID. Habla con la serenidad de quien ha vivido, con la tranquilidad de un hombre de setenta y seis años pero con la inquietud y la alegría de un niño al que aún le quedara todo por saber. Rodeado de uno de sus grandes tesoros, sus más de 9.000 li-bros, José Luis Iborte se define como "un bicho raro" (*a strange bird*), y lo cierto es que, de alguna forma, lo es. Porque de lo contrario, ¿cómo explicar que a su edad acabe de licenciarse en medicina?

Este hombre, nacido en Zaragoza, siguió los pasos de su padre a la hora de elegir la abogacía como profesión. Pero si derecho fue la primera de sus carreras su esfuerzo por aprender le ha llevado a licenciarse en filosofía y letras, geografía e historia, historia del arte, filología románica, francesa, inglesa, clásica, economía y empresariales y, recientemente, medicina.

A pesar de dedicarse de manera constante al estudio, José Luis es un hombre activo que todavía escribe libros y pinta. "Me he gastado mucho dinero en libros; por desgracia, ahora me lo gasto en clínicas".

José Luis vive solo, ya que su mujer permanece ingresada en una clínica por padecer Alzheimer y su hijo en un hospital psiquiátrico afectado de esquizofrenia. "A veces resulta duro seguir adelante y sentarse a estudiar, porque a pesar de mi dedicación al estudio, de mis títulos universitarios y de mis libros, me duele llegar a casa y ver dos habitaciones vacías. Soy humano". Cada día sale a visitarlos, a su esposa por la mañana y a su hijo por la tarde.

Le gusta la música, sobre todo la clásica y la zarzuela. Pero si la música le apasiona, hablar con él de literatura es perderse en un mar de autores, obras, versos.

Actividad 1: Carreras.   Contesta las preguntas, poniendo un círculo alrededor de la respuesta correcta.

1. ¿Cuántos libros tiene el señor Iborte?

   a. novecientos   **b.** nueve mil   **c.** nueve

2. ¿Cuál fue su primera carrera?

   a. abogado   **b.** economista   **c.** historiador

3. ¿Qué estudió cuando tenía 76 años?

   a. medicina   **b.** modismo   **c.** ingeniería

4. ¿En qué ciudad nació?

   a. Santander   **b.** Zaragoza   **c.** Madrid

5. Además de estudiar, ¿qué hace?

   a. juega al golf   **b.** pinta casas   **c.** escribe y pinta

6. ¿Qué tipo de música prefiere él?

   a. merengue   **b.** clásica   **c.** salsa

        Copyright © Houghton Mifflin Company. All rights reserved.

Vocabulario

Actividad 2: Consejos. Asistes a un seminario sobre cómo tener éxito en el mundo de negocios. Para enterarte del contenido de la conferencia, llena los espacios en blanco con la forma correcta de las palabras de la siguiente lista.

completo	licenciatura	parcial	sueldo
desempleo	navegar	solicitud	

Nadie debe sufrir nunca de (**1.**) _____. Es sólo una cuestión de

información y preparación. Tu trabajo ideal existe. Tal vez al principio tengas que trabajar tiempo

(**2.**) _____, pero es una buena manera de obtener experiencia antes

de tener que trabajar tiempo (**3.**) _____. Para los buenos trabajos es

sumamente importante tener la (**4.**) _____ de tu universidad con buenas

notas. Debes (**5.**) _____ por Internet para buscar información sobre

varias carreras. Es una buena idea hacer investigación sobre las compañías antes de llenar una

(**6.**) _____. Hay que tener una idea del (**7.**) _____

antes de la entrevista para poder negociar sobre el dinero y los beneficios.

Actividad 3: Palabras asociadas. Quieres aumentar tu vocabulario de negocios porque piensas trabajar como empresario/a en una corporación multinacional. Llena los espacios en blanco con el sustantivo asociado. Usa la lista de vocabulario activo del capítulo 8 del libro de texto.

1. consultar _____

2. buscar _____

3. iniciar _____

4. débil _____

5. empresario _____

6. publicar _____

7. entrevistar _____

8. mercado _____

9. cualificar _____

10. negociar _____

11. vender _____

Copyright © Houghton Mifflin Company. All rights reserved.

Actividad 4: Éxito en la carrera. Vas a tener tu primer puesto importante y no quieres perderlo. Lee los consejos en el artículo titulado "La estrella de la oficina" y escribe **V** si la oración es **verdadera** y **F** si es **falsa** según la lectura.

La estrella de la oficina

A menudo he sido la única latina en la mesa, ya sea en la universidad o en el trabajo. Es un puesto que conlleva una gran dosis de incertidumbre y poco alivio cultural. Además implica cierta responsabilidad: sientes como si la reputación de toda una cultura recae sobre tu comportamiento.

Para mí, las lecciones sobre cómo manejar mi identidad profesional se dieron temprano. Dejé la comodidad de mi mundo cubano en Miami para estudiar periodismo en una ciudad tradicional en Florida. A los 18 años de edad me creía una americanita asimilada; había desaparecido la refugiada que llegó de Cuba a los 10 años de edad sin saber inglés. No tenía acento y contaba con las aptitudes que me permitieron entrar a la mejor universidad del estado. Sin embargo, siempre terminaban preguntándome: "¿De dónde eres?". Cuando estás tratando de encajar en un mundo rubio y de ojos azules, te sorprende que te recuerden constantemente que eres diferente. Aprendí que en las instituciones tradicionales —en la universidad o una gran empresa— es posible que los de arriba acepten a los que no son parte de su círculo. Pero tan pronto adoptas pautas distintas, te conviertes en algo raro que no pueden entender. Pero al fin de cuentas, está bien. Ellos están jugando su papel y tú, siendo como eres, estás jugando el tuyo. Y como dice una amiga mía, no se trata de ser una estrella; todas tenemos una luz única para brillar. —*Fabiola Santiago*

Reglas de conducta
Es importante siempre dejar una buena impresión en el trabajo

No seas la última en llegar y la primera en irte a las 5 de la tarde.
Sí, sé productiva y trabajadora.
No dejes que otros hagan todo el trabajo.
Sí, toma la iniciativa.
No seas chismosa.
Sí, conversa con tus compañeros, pero no de cuestiones confidenciales.
No llenes las paredes de fotos personales.
Sí, decora tu espacio de trabajo

manteniendo el profesionalismo.
No le lleves quejas al jefe sobre colegas que no te caigan bien.
Sí, háblale a la persona con quien tengas un problema para resolverlo.
No te vistas con jeans y zapatillas, ni siquiera durante los viernes informales.
Sí, arréglate según la imagen que desees proyectar. Vístete para el trabajo que quieras tener, no para el que tienes.

_____ 1. La escritora del artículo (Fabiola Santiago) cree que es importante ser buena representante de la cultura latina.

_____ 2. Fabiola es originalmente de España.

_____ 3. Los jefes siempre entienden a todos sus empleados.

_____ 4. Es importante nunca llegar muy tarde al trabajo ni salir antes que todos los otros.

_____ 5. Si las otras personas quieren hacer tu trabajo es bueno.

 Copyright © Houghton Mifflin Company. All rights reserved.

_____ 6. Es importante que una empleada sea productiva en el trabajo.

_____ 7. Una oficina ideal tiene muchas fotos, especialmente las tuyas y las de tus amigos.

_____ 8. Siempre debes decirle a tu jefe todas las cosas que te molestan de tus compañeros de trabajo.

_____ 9. El uniforme más apropiado para el trabajo es jeans, una camiseta y zapatillas.

_____ 10. Es importante llevar ropa bastante buena y adecuada para avanzar en la compañía.

Actividad 5: Reglas para la oficina.   Imagínate que eres jefe/jefa de una compañía. Describe esta compañía y escribe ocho reglas (4 positivas y 4 negativas) para tus empleados.

_____

_____

Reglas positivas:

1. _____

2. _____

3. _____

4. _____

Reglas negativas:

5. _____

6. _____

7. _____

8. _____

LENGUA

Lengua 1: Imperfect subjunctive

Actividad 6: Pesadillas en el trabajo.   Acabas de conocer a una persona en el autobús que te contó todas las cosas que le pasaron en su último trabajo donde el jefe era horrible y trataba mal a sus empleados. Para leer su historia llena los espacios en blanco con la forma correcta del verbo en el imperfecto de subjuntivo.

Era una lástima que el jefe de la compañía donde trabajaba _____

(**1. tener**) tanto poder. Él no quería que nadie _____ (**2. saber**) nada

de su compañía ni quería que nadie le _____ (**3. pedir**) permiso para

cambiar nada. No dejaba que nadie _____ (**4. estar**) en control en su ausencia que no _____ (5. ser) su secretaria personal o su esposa. Era

imposible que él nos _____ (6. dar) ninguna responsabilidad en la

compañía que _____ (7. interferir) con su poder. Era imposible que

él le _____ (8. decir) nada positivo a nadie. Un día él iba de oficina en

oficina y forzó a los gerentes a que _____ (9. despedir) a cualquier

empleado que no _____ (10. trabajar) en su oficina en ese momento.

No importaba que esos pobres trabajadores _____ (11. estar) enfermos

o que _____ (12. usar) los servicios. A él le gustaba que todo el

mundo lo _____ (13. respetar) a pesar de que ese respeto no era nada

menos que miedo y terror al próximo abuso de su poder. Todo el mundo esperaba que él

_____ (14. jubilarse) pronto o aún que _____

(15. morir). Al final tuvieron que cerrar la compañía porque perdía mucho dinero y nadie pudo

hacer nada positivo debido al control total de ese jefe.

Actividad 7: Deseos y opiniones. Es tu primer día como empleado/a en una oficina. La última persona que ocupaba esta oficina dejó muchos papeles por todas partes. Escribió memos pero nunca los mandó. Escribe estos memos en el pasado, cambiando los verbos en negrilla al imperfecto y al imperfecto de subjuntivo, según el contexto.

1. **Quiero** que Fernando se **haga** hombre de negocios.

   _____

2. **Es** necesario que los jefes **despidan** a veinte empleados de la compañía.

   _____

3. **Dudo** que ellos **publiquen** algo sobre los sueldos de los empresarios.

   _____

4. **Es** bueno que Elena **navegue** tan rápidamente por Internet.

   _____

5. **Deseo** que nuestro webjefe nos **dé** mucha ayuda con el nuevo programa.

   _____

6. **Ojalá tengamos** tú y yo tiempo para aprovecharnos de los precios bajos de las ventas.

   _____

7. **Es** urgente que mis sobrinas **elijan** una carrera antes de graduarse.

   _____

Copyright © Houghton Mifflin Company. All rights reserved.

Actividad 8: El mejor presidente.   Acabas de dejar un puesto como presidente de una compañía moderna y progresista. Da una descripción sobre cómo tú dirigías la compañía cuando eras presidente. Completa cada oración escribiendo un verbo en el imperfecto de subjuntivo y añadiendo las otras palabras necesarias.

1. Yo siempre quería que mis empleados _____

2. Era importante que nuestros productos _____

3. Me impresionaba que _____

4. Yo arreglaba los problemas antes de que _____

5. Recomendaba que mi secretario _____

6. Les rogaba a mis amigos que _____

7. Pedía que mis clientes me _____

8. Dudaba que ellos _____

Lengua 2: Special uses of definite articles

Actividad 9: Conversaciones escuchadas.   Trabajas para el gobierno escuchando secretamente lo que dice la gente. Aquí transcribido es lo que oíste sin los artículos definidos. Llena los espacios en blanco escribiendo el artículo definido si es necesario.

1. Son _____ dos y media de la mañana.

2. Hoy es _____ viernes.

3. Ella es _____ ingeniera.

4. _____ dinero es importante en el mundo de los negocios.

5. Tengo clases _____ martes.

6. No me gusta _____ agua fría del mar en invierno.

7. Yo hablo _____ español.

8. _____ fiesta es a _____ una de la tarde.

9. Me encanta mirar _____ águilas grandes volando por el bosque cerca de mi oficina.

10. Hablaba con _____ señor Sánchez.

11. Nosotros leímos _____ libro que recomendaste.

12. Aprendemos _____ japonés.

13. _____ siete de agosto es mi cumpleaños.

14. ¡Buenos días, _____ Señora Vega!

15. Yo tengo todos _____ libros que necesito para el proyecto.

16. Siempre me duele _____ cabeza cuando _____ jefe habla.

17. Ellos se pusieron _____ sombrero para protegerse.

18. Hay _____ contadores en _____ compañía de mi tío.

Copyright © Houghton Mifflin Company. All rights reserved.

Lengua 3: Perfect tenses (subjunctive)

Actividad 10: Tontos en el trabajo. Acabas de conseguir un empleo donde muchas personas con quienes trabajas son incompetentes. Estás muy irritado/a. Completa estas oraciones con la forma correcta del presente perfecto de subjuntivo.

1. No puedo creer que mis compañeros de trabajo _____ (ser) tan brutos (*stupid*).

2. Es muy probable que ellos no _____ (estudiar) nunca en la escuela.

3. Dudo que ellos nunca _____ (ver) un manual de trabajo.

4. Es increíble que ellos no _____ (llegar) nunca a tiempo al trabajo.

5. Me irrita que ellos _____ (decir) malas cosas de mí antes de conocerme.

6. Me sorprende que ellos ya _____ (romper) cuatro ventanas en el edificio porque juegan diariamente al fútbol americano en la oficina en vez de trabajar.

7. ¡Ojalá que nosotros no _____ (tener) que trabajar juntos mucho tiempo!

Actividad 11: La verdad sobre el mentiroso. El año pasado un amigo tuyo dejó su trabajo por razones éticas. Llena los espacios en blanco con el pluscuamperfecto del subjuntivo para saber lo que le pasó.

1. Era bueno que yo me _____ (salir) de esta compañía porque el año pasado tuvieron que cerrarla por una serie de fraudes.

2. Mis amigos dudaban que yo le _____ (escribir) una carta tan negativa al presidente de la compañía.

3. Me sorprendió que ellos no me _____ (creer).

4. Ellos no querían que yo _____ (romper) el contrato con el antiguo jefe.

5. Pero no era posible que yo le _____ (poner) una hora más de atención a esta compañía.

6. Yo no creía que mi jefe me _____ (mentir) tantas veces.

7. Era una lástima que él _____ (comportarse) conmigo de tal manera.

8. Pero era bueno que yo _____ (descubrir) estas mentiras.

9. Era una lástima que las autoridades no _____ (despedir) a este jefe antes, pero él mintió tan convincentemente que ellos le creyeron a él y no a mí.

10. Me dolía que ciertas personas _____ (ser) tan malas. Pero por lo menos tengo otro trabajo ahora.

Copyright © Houghton Mifflin Company. All rights reserved.

Actividad 12: Tus opiniones. Te están entrevistando para un nuevo puesto y te han preguntado sobre un empleo anterior. Escribe tus propias respuestas completando las oraciones usando el pluscuamperfecto de subjuntivo y otras expresiones adecuadas.

1. Antes me preocupaba que _____ .

2. Era importante que _____ .

3. Dudaba que _____ .

4. Yo no quería que _____ .

5. Ellos esperaban que _____ .

6. Sentí mucho que _____ .

EXPANSIÓN

Arte

Diego Velázquez: *La Fragua de Vulcano*, 1630

Copyright © Houghton Mifflin Company. All rights reserved.

Actividad 13: La Fragua de Vulcano (*The forge of Vulcan*). Acabas de visitar un museo de arte y te encantó esta pintura hecha por el famoso artista español, Diego Velázquez (1599–1660). Contesta las preguntas, poniendo un círculo alrededor de la respuesta correcta.

1. ¿Cuántos hombres hay en la pintura?

   a. dieciséis   **b.** seis

2. ¿Por qué están vestidos así?

   a. Hace mucho calor.   **b.** Hace mucho frío.

3. ¿Qué están haciendo?

   a. Están comiendo.   **b.** Están trabajando.

4. El hombre que habla, Vulcano, es _____.

   a. el rey de España   **b.** un dios mitológico

Literatura

Actividad 14: El dinero. Tienes un buen puesto en un banco y tu abuelo acaba de darte una copia de una estrofa de este poema escrito por Francisco de Quevedo Villegas (1580–1645), autor español famoso por su sátira. Léelo y contesta las preguntas poniendo un círculo alrededor de la respuesta correcta.

Letrilla satírica
por Francisco de Quevedo

Poderoso caballero
es don Dinero.

Madre, yo al oro me humillo;
él es mi amante y mi amado,
pues de puro enamorado,
de continuo anda amarillo;
que pues, doblón (*doubloon*) o
   sencillo (*simple coin*),
hace todo cuanto quiero,
poderoso caballero
es don Dinero.

1. ¿Cómo es don Dinero?

   a. patético   **b.** poderoso   **c.** pobre

2. ¿Qué hace el narrador con respecto al oro?

   a. se levanta   **b.** se acuesta   **c.** se humilla

3. ¿De qué color es el oro?

   a. verde   **b.** amarillo   **c.** rojo

4. ¿A quién le habla el narrador?

   a. al caballero   **b.** a la madre   **c.** al amante

5. El dinero _____.

   a. hace todo   **b.** ama al amante   **c.** no hace nada

          Copyright © Houghton Mifflin Company. All rights reserved.

Redacción

Actividad 15: Ensayo: Carta de solicitud. Piensas solicitar para un programa de postgrado para continuar tus estudios. Antes de escribir la carta, organiza tus ideas según estas sugerencias.

Primero, identifica la materia que quieres estudiar: _____

Segundo, haz una lista de los requisitos:

1. _____

2. _____

Tercero, haz una lista de tus cualificaciones:

1. _____   3. _____

2. _____   4. _____

Compara las dos listas: _____

_____

Indica tus cualificaciones sobresalientes: _____

_____

Ahora escribe la carta de solicitud:

Introducción (Estimados señores:)

_____

_____

_____

Experiencia

_____

_____

_____

Despedida

_____

_____

_____

Copyright © Houghton Mifflin Company. All rights reserved.

Capítulo 9

SALUD

Y BIENESTAR

TEMAS Y CONTEXTOS

Lectura

Tienes mucho estrés en tu vida y quieres eliminarlo antes de que te enfermes. Lee el artículo y contesta las preguntas.

dieta
BUENOS CONSEJOS

Empezar el

día con un

vaso de jugo

de naranja o

de otra fruta

es una buena

idea, por

muchísimas

razones...

Alimentos que le ayudan a sentirse más satisfecha consigo misma y con su dieta

ALIMENTOS CONTRA EL ESTRÉS

"Como estudio y trabajo, cada vez que se acercan los exámenes me pongo tan tensa, que empiezo a comer sin parar, así que termino con un par de kilos de más. ¿Qué puedo hacer para controlar esto?"

Como hay presiones que no se pueden evitar, hay que saber que hay alimentos mejores que otros para combatir el estrés, ya sea de tipo físico o emocional. Es mejor consumir comidas que le ayuden a calmarse y no a aumentar las consecuencias del estrés.

Comenzar el día con un vaso de jugo de naranja y tomar bastante agua y jugos a lo largo del día es importante, porque cuando el cuerpo está bajo tensión necesita más vitaminas. Ese vaso de jugo de naranja le ayudará a tener esas vitaminas adicionales.

Tomar por lo menos 8 vasos de agua, o de jugo al día la mantendrán hidratada, de lo contrario, la falta de agua le creará un estrés adicional. Y decimos agua, porque es mejor que las sodas o refrescos que contienen cafeína. La

Copyright © Houghton Mifflin Company. All rights reserved.

cafeína es lo último que necesita cuando está bajo tensión, porque provoca ansiedad. Tome una taza al levantarse y manténgase lejos de la cafetera el resto del día.

Quizás le den unas ganas irresistibles de comer dulces, pero es mejor satisfacer esos deseos con un panecillo, *bagel* o *pretzel* de trigo integral, o almuerce un plato de pasta. No es un capricho sentir deseos de comer dulces, son señales que envía el cerebro de que necesita "combustible"; pero si come dulces, entonces caerá en un círculo vicioso de aumento del nivel de azúcar, después reducción, y esto la irritará y la dejará cansada.

Hay quien piensa que el alcohol le alivia el estrés, pero por el contrario, provoca más tensión. Cuando salga del trabajo, vaya a hacer ejercicios, a jugar tenis, o aunque sea a caminar por las tiendas (si no es una compradora compulsiva). El ejercicio le ayudará a sentirse mejor al eliminar las sustancias químicas que producen estrés, y se distraerá.

Una dieta baja en grasa no sólo es importante para bajar de peso o mantener el peso ideal, sino que contribuye a mejorar su sistema inmunológico. Cuando se está sometido a tensión, es mucho más importante hacer una dieta baja en grasa.

Actividad 1: Dieta contra el estrés. Contesta las preguntas poniendo un círculo alrededor de la respuesta correcta.

1. ¿Qué necesita el cuerpo cuando está bajo tensión?

   a. vitaminas   **b.** grasa   **c.** cafeína

2. ¿Cuántos vasos de agua recomiendan que bebamos cada día?

   a. ochenta   **b.** ocho   **c.** dos

3. ¿Por qué es malo tomar bebidas con cafeína?

   a. provoca hambre   **b.** provoca sed   **c.** provoca ansiedad

4. En lugar de comer dulces, ¿qué se debe comer?

   a. pasteles   **b.** pasta   **c.** chocolate

5. En lugar de tomar alcohol, ¿qué es preferible hacer?

   a. hacer ejercicios   **b.** hablar por teléfono   **c.** comer dulces

Vocabulario

Actividad 2: Tu prima hipocondríaca. Tienes una prima que siempre se queja de su salud. El otro día te mandó este correo electrónico. Llena los espacios en blanco con las formas correctas de las palabras de la lista para saber lo que ella piensa que tiene ella ahora.

apendicitis	calcio	diabetes	hinchado	jaqueca
arterial	cardíaca	dolor	hueso	mononeucleosis
artritis	cirugía	estrés	infarto	moretón
bronquitis	depresión	fiebre	insomnio	sentirse

 Copyright © Houghton Mifflin Company. All rights reserved.

De: "Mariana Pérez-Ortiz" <maritiz@calormail.com>

Para: juana34@felizmail.com

Asunto: Mis enfermedades

Fecha: 23 mar 2004 14:35:03 +0000

Querida Juana:

No (**1.**) _____ bien hoy. Tengo un (**2.**) _____

de cabeza y tal vez sea una (**3.**) _____ con una

(**4.**) _____ muy alta. En mi vida hay mucho

(**5.**) _____ porque estudio mucho, trabajo mucho y no tengo dinero

para nada. Estoy muy cansada y sufro de (**6.**) _____ porque me duelen

todos los huesos y no hago ejercicio. Sospecho que tengo (**7.**) _____

porque siempre tengo sed. También sospecho que tengo una enfermedad

(**8.**) _____ porque me duele el corazón y también temo tener

algún día un (**9.**) _____ grave. Me caí ayer y tengo varios

(**10.**) _____ en las piernas y tengo los pies

(**11.**) _____ y tal vez un (**12.**) _____ roto.

No bebo mucha leche y por eso no tengo bastante (**13.**) _____

en los huesos. Me duele también el lado derecho del estómago y sospecho que tengo

(**14.**) _____. Toso mucho y con una flema verde, lo que me hace

sospechar que tengo (**15.**) _____. Sufro también de un cansancio horrible

porque no puedo dormir por el (**16.**) _____ que tengo. Además me duele

la garganta y sospecho que tengo (**17.**) _____ sobre todo porque la tiene

mi ex novio ahora. Estoy muy triste y sufro de (**18.**) _____ por mi mala

salud y por la ausencia de Felipe. Debo tener la presión (**19.**) _____

muy alta y sospecho que necesito ir al hospital para unas (**20.**) _____

de estómago, pulmón, pierna y cabeza. Espero que estés bien. No puedo asistir a tu fiesta hoy.

Sinceramente,

Mariana

Actividad 3: El hospital. Tú trabajas de voluntario/a en un hospital y tienes que aprender algunas palabras para trabajar mejor con los pacientes hispanos. Para repasar tu vocabulario, pon un círculo alrededor de la palabra que **NO** debe estar en la lista.

	A	**B**	**C**	**D**	**E**
1.	a. estómago	b. riñón	c. hígado	d. corazón	e. pelo
2.	a. depresión	b. cansancio	c. pereza	d. tristeza	e. energía
3.	a. molestar	b. sufrir	c. padecer	d. doler	e. curar
4.	a. prohibir	b. mencionar	c. sugerir	d. recomendar	e. recetar
5.	a. meningitis	b. crisis	c. artritis	d. arterioesclerosis	e. sinusitis
6.	a. descanso	b. dolor	c. molestia	d. herida	e. daño
7.	a. leche	b. queso	c. agua	d. calcio	e. huesos
8.	a. resfriado	b. catarro	c. cáncer	d. gripe	e. influenza
9.	a. perro	b. caballo	c. gato	d. ronco	e. pájaro
10.	a. pierna	b. tobillo	c. rodilla	d. pie	e. codo
11.	a. cuerpo	b. sesos	c. mente	d. cerebro	e. calavera

Cultura

Actividad 4: La salud. Lee la selección y escribe la letra de la respuesta correcta para entender mejor el punto de vista de tu tío sobre la salud.

En este mundo de hoy hay muchas enfermedades. Algunas, como el cáncer y el arterioesclerosis son enfermedades muy comunes, sobre todo entre la población de edad avanzada. Otras, como el estrés, la depresión y el insomnio vienen de nuestro estilo de vida. Para algunas, como la apendicitis, hay que tener cirugía pero para otras, como la bronquitis, hay medicinas. Y cada día llegan nuevas enfermedades que nos pueden amenazar si no nos mantenemos en forma. No se pueden curar todas las enfermedades pero se pueden prevenir algunas con una buena dieta y ejercicio moderado.

_____ 1. ¿Cuáles son las enfermedades comunes entre la gente de edad avanzada?

_____ 2. ¿Cuáles son las enfermedades que vienen del estilo nuestro de vivir?

_____ 3. ¿Cuál es la enfermedad que se cura con cirugía?

_____ 4. ¿Con qué se cura el bronquitis?

_____ 5. ¿Con qué se puede prevenir algunas enfermedades?

a. una buena dieta y ejercicio
b. dulces
c. cáncer y arterioesclerosis
d. depresión e insomnio
e. apendicitis
f. medicinas

Copyright © Houghton Mifflin Company. All rights reserved.

LENGUA

Lengua 1: *Por / para*

Actividad 5: Cosas de la vida. Mira los dibujos y llena los espacios en blanco con **por** o **para**, según el contexto.

1

2

4

5

6

1. El libro es _____ la señora Ruiz. Aquí la Sra. Ruiz lo está escribiendo a mano.

2. El libro es _____ Anita.

3. El bebé es muy grande _____ su edad.

4. Hay que pagar los impuestos _____ el 15 de abril, y no después.

5. Este dinero es _____ ti. Puedes usarlo como quieras.

6. La Señora Ortiz pagó cincuenta euros _____ el vestido.

Copyright © Houghton Mifflin Company. All rights reserved.

Actividad 6: En el hospital. Tu mejor amiga está en el hospital y te llama por teléfono, pero no la puedes oír muy bien. Aquí hay una transcripción de parte de la conversación pero le faltan las palabras **por** o **para**. Llena los espacios en blanco con **por** o **para**, según el contexto.

1. Lo hicieron _____ alegrarme cuando estaba en el hospital.

2. Estudié _____ tres horas antes de enfermarme.

3. Los médicos están listos _____ operar ahora mismo.

4. La medicina es _____ mí y debo tomarla cada tres horas.

5. La enfermera pasa _____ mi cuarto cada hora.

6. Me gustaría estar en casa _____ mi cumpleaños, y no después.

7. Mi seguro va a pagar $5.000 _____ mi operación.

8. ¿_____ qué estoy tan enferma?

9. No me gusta tener que viajar _____ avión cuando estoy enferma.

Actividad 7: Por algo. Llena los espacios en blanco con el sinónimo de la lista.

por ahora	por completo	por fin	por poco	por suerte
por casualidad	por eso	por lo general	por si acaso	por supuesto

1. casi _____

2. en este momento _____

3. completamente _____

4. finalmente _____

5. generalmente _____

6. óbviamente _____

7. en caso de que _____

8. una coincidencia _____

9. a causa de eso _____

10. afortunadamente _____

Lengua 2: *Si* clauses

Actividad 8: ¿Estudiar o celebrar? Tu compañera de cuarto, Sara, está estudiando en la biblioteca para un examen para mañana, pero tú vas a dar una fiesta esta noche. Para entender sus opciones, llena los espacios en blanco con las formas correctas de los verbos en el presente.

1. Si Sara _____ (**terminar**) su tarea irá a la fiesta.

2. Si Sara no _____ (**estudiar**) y va a la fiesta _____ (**sacar**) una mala nota en el examen.

3. Si Sara _____ (**irse**) de la biblioteca no estudia.

4. Si yo no _____ (**dar**) la fiesta, Sara estudiará, ¡sin lugar a duda! (*no doubt*)

   Copyright © Houghton Mifflin Company. All rights reserved.

Actividad 9: Situaciones imaginarias. Tú y tus amigos hablan sobre la salud. Llena los espacios en blanco con las formas correctas de los verbos en el imperfecto de subjuntivo o del condicional, según el contexto.

Ejemplo: Si Anita _____*mirara*_____ (**mirar**) menos televisión, _____*estudiaría*_____ (**estudiar**) más.

1. Si yo _____ (**estar**) enferma, no _____ (**asistir**) al concierto.

2. Si nosotros _____ (**sufrir**) de cáncer del pulmón, no _____ (**fumar**) cigarrillos.

3. Ella _____ (**ir**) al hospital si _____ (**tener**) una fiebre muy alta.

4. Tú _____ (**estar**) mejor si _____ (**tomar**) esta medicina.

5. Si ella _____ (**dormirse**) temprano no _____ (**tener**) insomnio.

6. Si ellos _____ (**relajarse**) más _____ (**estar**) más contentos.

7. Paco _____ (**correr**) en el parque si no _____ (**tener**) una pierna rota.

8. Si nosotros _____ (**levantar**) pesas, _____ (**estar**) preparados para el maratón.

9. Si yo _____ (**tener**) tiempo, _____ (**ir**) al gimnasio todos los días.

Actividad 10: Como si... Tienes unos amigos que piensan mucho sobre su estado físico. Llena los espacios en blanco con la forma correcta del verbo en el subjuntivo (imperfecto o pluscuamperfecto), según el contexto.

1. Fabiola habla como si _____ (**tener**) pulmonía.

2. Marco andaba como si se le _____ (**romper**) una pierna en el partido de fútbol de la semana pasada.

3. Zoraida hace aerobismo como si _____ (**sentirse**) muy bien.

4. Antonio lloraba como si lo _____ (**deprimir**) bastante las malas noticias sobre sus abuelos.

5. David come como si la comida _____ (**desaparecerse**) de su plato.

6. Carolina baila como si _____ (**ser**) profesional.

7. Roberto y Alejandro estornudan como si _____ (**estar**) muy enfermos.

Copyright © Houghton Mifflin Company. All rights reserved.

Actividad 11: Si... Aquí tienes unas situaciones, algunas hipotéticas y otras habituales. Llena los espacios en blanco con la forma correcta del verbo en el presente de indicativo, el imperfecto de subjuntivo o el pluscuamperfecto de subjuntivo, según el contexto.

1. Si nosotros _____ (**tener**) tiempo, comeremos.

2. Si ella _____ (**tener**) tiempo, comería.

3. Si ellos _____ (**tener**) tiempo, habrían comido.

4. Yo habría estudiado más si no _____ (**tener**) tanto sueño.

5. Ellos irían a Madrid si _____ (**poder**).

6. ¡Ella llamará al médico si su bebé _____ (**estornudar**)!

7. Tú te quejas de todo como si tú _____ (**ser**) una víctima del

   mundo.

8. Si nosotros lo _____ (**saber**), habríamos llegado a tiempo.

9. Si mi abuelo no _____ (**gritar**) tanto, no tendría la voz tan ronca.

10. Si yo no _____ (**estar**) tan preocupada con mi tarea, podría correr

    en el maratón.

Lengua 3: Subjunctive with adverbial clauses

Actividad 12: Dependencias. Escuchas una conversación en la cafetería donde los estudiantes hablan. Pon un círculo alrededor de la forma correcta del verbo, según el contexto, para entender los temas de sus conversaciones.

1. Ella va a jugar a vólibol hasta que _____ sus amigos.

   a. llegan   **b.** lleguen   **c.** llegaron

2. Ella subió la montaña sin que sus compañeros lo _____.

   a. sabían   **b.** sabrán   **c.** supieran

3. Iré a una fiesta después del partido con tal de que mis amigos _____ también.

   a. vayan   **b.** fueron   **c.** van

4. Cuando la enfermera le puso una inyección ella _____ a llorar.

   a. empieza   **b.** empiece   **c.** empezó

5. El paciente salió del hospital sin que los médicos lo _____.

   a. ven   **b.** vieron   **c.** vieran

 Copyright © Houghton Mifflin Company. All rights reserved.

6. La enfermera le puso una inyección para que _____ bien.

    a. durmió   **b.** duerma   **c.** durmiera

7. Cuando ella _____ a casa del hospital todos celebraremos.

    a. vuelva   **b.** vuelve   **c.** volverá

8. El curandero lo curó sin _____ medicina convencional.

    a. usara   **b.** usar   **c.** use

9. No podré tener la operación sin que mi médico _____ todas las formas necesarias.

    a. llena   **b.** llenara   **c.** llene

10. Ellos salieron del auditorio cuando el presidente _____.

    a. llegó   **b.** llegue   **c.** llegara

11. Tomo mucha leche para _____ bien de salud.

    a. esté   **b.** estará   **c.** estar

12. En caso de que tu amiga se _____, ¿podrás jugar el en partido en su lugar?

    a. enferma   **b.** enferme   **c.** enfermara

Actividad 13: Ayer es mañana. Vuelve a escribir las oraciones, poniendo el primer verbo en el futuro y el segundo en el presente de subjuntivo.

1. Gregorio **leyó** su libro hasta que la enfermera le **apagó** la luz.

    _____

2. Ellos **salieron** después de que los otros **llegaron**.

    _____

3. Marta **estuvo** en el hospital hasta que **pudo** caminar.

    _____

4. Raquel **se sintió** mal cuando el doctor le **dijo**: "Tienes pulmonía".

    _____

5. Lucía **trabajó** mucho aunque no le **pagaron** nada.

    _____

6. Juana **dijo** la verdad tan pronto como le **hicieron** preguntas sobre su operación.

    _____

7. Ella **estuvo** mejor en cuanto **salió** del hospital.

    _____

Copyright © Houghton Mifflin Company. All rights reserved.

Actividad 14: ¡Cuidado con el sol!   Lee la siguiente selección sobre los peligros del sol. Luego, llena los espacios en blanco con la forma correcta del verbo indicado en el indicativo (pretérito, imperfecto o futuro), subjuntivo (presente) o infinitivo.

Mi situación médica:

Antes yo siempre _____ (**1. tomar**) el sol en todas las mejores

playas del mundo. Cuando yo _____ (**2. llegar**) al hotel

_____ (**3. sacar**) mi traje de baño para _____

(**4. poder**) bañarme y broncearme antes que nadie. Pero tan pronto como una amiga mía me

_____ (**5. ver**) algo raro en la cara yo _____

(**6. ir**) al médico. El médico me _____ (**7. examinar**) y me

_____ (**8. hacer**) una biopsia. Unos días después me

_____ (**9. decir**) que necesitaba una operación urgentemente porque

tenía cáncer de piel.

Mi mensaje:

Antes de que tú te _____ (**10. ir**) a tomar el sol en la playa debes

pensarlo bien. En caso de que tú _____ (**11. querer**) nadar

_____ (**12. deber**) escoger bien la hora. Antes de que tú

_____ (**13. llegar**) a la playa _____ (**14. ser**)

importante ponerte un bronceador para que _____ (**15. estar**) protegido/a

de los rayos dañinos del sol. Aunque tal vez tú _____ (**16. pensar**) que no

te _____ (**17. enfermar**) nunca de nada, tú _____

(**18. tener**) que tomar muchas precauciones. El cáncer _____ (**19. aparecer**)

muchos años después cuando tú no _____ (**20. poder**) volver a la playa

con parasol y bronceador para protegerte de su daño.

   Copyright © Houghton Mifflin Company. All rights reserved.

EXPANSIÓN

Arte

José Guadalupe Posada: *El gran banquete de las calaveras*

Actividad 15: El banquete. Acabas de regresar de una exposición de arte mexicano y tu obra favorita fue ésta de José Guadalupe Posada (1851–1913) para conmemorar el día de los muertos. Mira la reproducción y contesta las preguntas, poniendo un círculo alrededor de la respuesta correcta.

1. ¿En dónde están?

   a. en el hospital   **b.** en el cementerio   **c.** en la iglesia

2. ¿Cómo están vestidos?

   a. de muchas maneras   **b.** en ropa de la playa   **c.** en trajes de baño

3. ¿Qué están haciendo?

   a. Están rezando y llorando.   **b.** Están comentando y bebiendo.   **c.** Están durmiendo.

4. ¿Cómo se llama este grabado?

   a. El banco   **b.** El banquete   **c.** La banda

Copyright © Houghton Mifflin Company. All rights reserved.

Literatura

Actividad 16: En la oficina de un dentista. El famoso autor colombiano Gabriel García Márquez ganó un premio Nobel de Literatura. Lee este trozo de su cuento "Un día de éstos" que se trata de las tensiones entre un alcalde (*mayor*) y un dentista. Luego completa las oraciones, poniendo un círculo alrededor de la respuesta correcta.

"Un día de éstos"
por Gabriel García Márquez

8:00. La llegada del alcalde.

Después de las ocho el dentista hizo una pausa para mirar el cielo por la ventana y vio dos gallinazos (*buzzards*) pensativos que se secaban al sol en el caballete (*ridge of the roof*) de la casa vecina. Siguió trabajando con la idea de que antes del almuerzo volvería a llover. La voz destemplada de su hijo de once años lo sacó de su abstracción.

—Papá.

—Qué.

—Dice el alcalde que si le sacas una muela (*tooth*).

—Dile que no estoy aquí.

Estaba puliendo (*polishing*) un diente de oro. Lo retiró a la distancia del brazo y lo examinó con los ojos a medio cerrar. En la salita de espera volvió a gritar su hijo.

—Dice que sí estás porque te está oyendo.

El dentista siguió examinando el diente. Sólo cuando lo puso en la mesa con los trabajos terminados, dijo:

—Mejor.

Volvió a operar la fresa (*drill*). De una cajita de cartón donde guardaba las cosas por hacer, sacó un puente (de varias piezas) y empezó a pulir el oro.

—Papá.

—Qué.

Aún no había cambiado de expresión.

—Dice que si no le sacas la muela te pega un tiro (*he'll shoot you*).

1. La historia pasa por la _____.

   a. tarde   **b.** mañana   **c.** noche

2. El hijo del alcalde tiene _____ años.

   a. ocho   **b.** once   **c.** trece

3. El hijo está en la _____.

   a. alcoba   **b.** sala de espera   **c.** casa vecina

4. El alcalde quiere que el dentista le _____.

   a. saque una muela   **b.** limpie los dientes   **c.** pula un puente

5. El dentista estaba operando la _____.

   a. cajita   **b.** aspiradora   **c.** fresa

6. Al saber que el dentista no quiere sacarle le muela, el alcalde le dice que _____.

   a. otro día volverá   **b.** le pegará un tiro   **c.** le pagará inmediatamente

Copyright © Houghton Mifflin Company. All rights reserved.

Redacción

Actividad 17: Ensayo: La salud de mis parientes.   Debes entrevistar a tres de tus parientes para saber algo sobre su historia médica.

Primero: Escribe cinco preguntas para usar en tu entrevista. Cada pregunta debe exigir una respuesta de por lo menos cinco palabras.

_____

_____

_____

_____

_____

Segundo: Entrevista a tres miembros de tu familia y apunta los resultados aquí.

_____

_____

_____

_____

_____

_____

_____

_____

Tercero: El reportaje. Escribe un resumen de los resultados de tu entrevista, analizando la información que recibiste y el efecto que la salud de estas personas tendrá en tu salud en el futuro.

_____

_____

_____

_____

_____

_____

_____

_____

_____

Copyright © Houghton Mifflin Company. All rights reserved.

Capítulo 10

CREENCIAS Y TRADICIONES

TEMAS Y CONTEXTOS

Lectura

Piensas hacer un viaje a México durante el otoño. Lee la siguiente selección.

Según la tradición de México en los días de los muertos las almas de los difuntos (*muertos*) son las invitadas de honor. Esa época se celebra con una mezcla de veneración por los difuntos y de diversión para alegrar su visita, así como también con burla, como reto (*challenge*) al miedo de la muerte misma. Aunque los detalles varían de región a región y de pueblo en pueblo, los ritos básicos continúan: el recibir a los espíritus de los difuntos en el hogar, ofreciéndoles alimentos y bebidas, y al final, el compartir con ellos la noche de vigilia al lado de sus tumbas.

El 27 de octubre, aquellas almas sin sobrevivientes y sin hogar para visitar, son recibidas en algunos pueblos con pan y jarras de agua colgadas fuera de las casas. En otros pueblos, se juntan las ofrendas y se colocan en un rincón de la iglesia. El 28 de octubre, a aquéllos que murieron en un accidente, asesinados o de otra forma de muerte violenta, se les ofrece alimentos y bebidas fuera de la casa o en el patio. En la noche del 31 de octubre, los niños muertos vienen a visitar el hogar; para el mediodía del primero de noviembre ya tendrán que haberse ido. La familia da la bienvenida formal al difunto más reciente y, a través de él, se saluda a los otros antepasados. El olor de las velas (*candles*) y del incienso llena la casa. A la puesta del sol, la familia se traslada al panteón para una vigilia de comunión con todos sus fieles difuntos. Para la noche del 2 de noviembre la fiesta ha terminado. Las almas regresan al mundo de los muertos.

Actividad 1: El día de los muertos. Pon **V** si la oración es **verdadera** y **F** si es **falsa**.

_____ 1. La tradición de los días de los muertos es una combinación de veneración y diversión.

_____ 2. Todos los pueblos siguen exactamente la misma celebración.

_____ 3. El 27 de octubre se encuentran ofrendas fuera de las casas y en la iglesia.

_____ 4. Los que se murieron violentamente reciben con frecuencia comidas y bebidas durante todo el año.

_____ 5. Los niños muertos visitan las casas de sus padres el 31 de octubre.

_____ 6. Hay muchos incendios durante los días de los muertos.

_____ 7. Para la noche del 2 de noviembre las almas de todos los muertos han vuelto al mundo donde estaban antes, el de los muertos.

Copyright © Houghton Mifflin Company. All rights reserved.

Vocabulario

Actividad 2: Religión 101. Piensas ir a un país latinoamericano como voluntario/a. Para repasar las costumbres tradicionales y creencias religiosas llena los espacios en blanco con la palabra relacionada. Escoge de la lista siguiente.

amuleto	catolicismo	engaño	infierno	queja
bromear	cielo	entierro	judaísmo	rezar
burlarse	embrujar	espíritu	oculto	susto

1. asustar: _____

2. fantasma: _____

3. superstición: _____

4. escondido: _____

5. broma: _____

6. enterrar: _____

7. quejarse: _____

8. brujo: _____

9. burla: _____

10. engañar: _____

11. más allá: _____

12. sacerdote: _____

13. rezo: _____

14. diablo: _____

15. rabino: _____

Cultura

Actividad 3: La llorona. La llorona es una mujer legendaria muy conocida en el suroeste de los Estados Unidos. Lee la selección y contesta las preguntas, poniendo un círculo alrededor de la respuesta correcta para aprender algo sobre esta versión de la leyenda.

Había una joven indígena que era muy bella. No le gustaba ningún hombre de su pueblo pero se enamoró de un soldado español muy guapo que era también comandante y ellos tuvieron dos hijos preciosos. Sin embargo, el soldado estaba ausente por largas temporadas y su familia lo extrañaba. Entonces, un día todo cambió de alegría a tragedia cuando él regresó al pueblo y anunció que iba a casarse con una mujer española. También le dijo a la joven que su matrimonio con él y los dos hijos que tuvo con él no eran válidos. La joven se sentía dolida y furiosa. En un momento de locura, arrojó (*she threw*) a los dos hijos del soldado al río donde desaparecieron. Ella intentó encontrarlos después pero sin éxito. La joven lloró sin parar durante días y noches, tal era su tristeza. Su llanto penoso se escuchaba por toda la región y por eso, se llamaba «la llorona». Siglos después, todavía se puede oír su llanto largo y fuerte porque su tristeza es eterna.

1. ¿Cómo era la joven indígena?

   a. hermosa   **b.** desagradable   **c.** fea

2. ¿De quién se enamoró la joven?

   a. de un comandante de su pueblo   **b.** de un soldado español   **c.** de un rey

3. ¿Cuántos hijos tuvo la joven con ese hombre?

   a. cinco   **b.** dos   **c.** ninguno

Copyright © Houghton Mifflin Company. All rights reserved.

4. ¿Por qué lo extrañaba su familia al soldado?

    a. estaba ausente mucho   **b.** era muy extraño con ellos   **c.** era extranjero

5. ¿Con quién se iba a casa el soldado un día?

    a. con una princesa   **b.** con la joven   **c.** con su novia española

6. ¿Por qué dijo el soldado que su matrimonio con la indígena no era válido?

    a. por ser joven   **b.** por ser indígena   **c.** por ser fea

7. ¿Qué hizo la joven a sus hijos?

    a. los abandonó   **b.** los estranguló   **c.** los arrojó al río

8. ¿Por qué es esta indígena conocida como "la llorona"?

    a. por su risa   **b.** por su belleza   **c.** por su llanto sin parar

LENGUA

Lengua 1: Sequence of tenses

Actividad 4: Supersticiones. Tienes varios amigos supersticiosos. Para saber más del mundo de ellos pon un círculo alrededor de la palabra correcta para completar la oración.

1. Ana abrió una sombrilla en su habitación para que su enemiga _____ mucha mala suerte.

    a. tenga   **b.** tuvo   **c.** tuviera   **d.** tenía

2. Felipe recibirá una carta después de que una mosca se le _____ en la nariz.

    a. paró   **b.** para   **c.** pare   **d.** parará

3. Dudo que Cristóbal _____ ver a su prometida vestida de novia antes de su boda.

    a. quiera   **b.** quiere   **c.** querrá   **d.** querría

4. El testigo insistió en que el juez _____ con él por teléfono porque tenía miedo de su mirada.

    a. haya hablado   **b.** hable   **c.** hablo   **d.** hablara

5. Con tantos espejos en nuestra sala tengo miedo de que mi hermana menor _____ una de ellos.

    a. rompa   **b.** rompía   **c.** rompe   **d.** romperá

6. Dame tu trébol de cuatro hojas para que yo _____ buena suerte en mi examen.

    a. tendré   **b.** tengo   **c.** tenía   **d.** tenga

7. Quiero que ella me _____ mi horóscopo pronto.

    a. dice   **b.** diga   **c.** dirá   **d.** diría

8. He dudado mucho que el hombre vestido de negro _____ un vampiro de verdad.

    a. es   **b.** sea   **c.** fue   **d.** sería

Actividad 5: Buenas intenciones.   Tú y tus amigos hablan sobre sus buenas intenciones y los resultados. Cambia el primer verbo al imperfecto de indicativo y el otro a la forma correcta de subjuntivo.

1. **Queremos** que **tengan** buena suerte en la boda.

   _____

2. **Espero** que ella **haya recibido** mi carta.

   _____

3. Me **ha pedido** que le **prediga** su futuro.

   _____

4. Ellos **dudarán** que yo **pueda** hacerlo.

   _____

5. Tú les **das** ofrendas para que **recen** por tus antepasados.

   _____

6. **Será** posible que ella **llegue** a tiempo.

   _____

7. **Es** importante que nosotros **estudiemos** mucho para los exámenes.

   _____

Actividad 6: El curandero, la bruja y el diablo.   Tu amigo fue a un teatro contemporáneo y tuvo una experiencia rara. Para saber lo que le pasó, lee la selección y llena los espacios en blanco con la forma correcta del verbo.

El otro día vi una presentación teatral muy rara. Primero llegó un curandero que quería que

todo el mundo _____ (**1. seguir**) sus instrucciones. Nos dijo que

_____ (**2. ponerse**) de pie en los pasillos del teatro. Pero pronto

una bruja llegó e insistió en que la gente _____ (**3. sentarse**) en

sus sillas. El tercer personaje era un diablo, vestido de rojo, que rogó que todo el mundo

_____ (**4. gritar**) su nombre. Los tres actores hablaron mucho

entre sí, pero no entendíamos nada. Todo terminó cuando los tres se fueron juntos, y el

dueño del teatro nos dijo que _____ (**5. irse**) nosotros todos del

teatro. De veras nos alegró mucho que la obra _____ (**6. terminar**).

Recomiendo que tú nunca _____ (**7. ir**) a ver esta obra. Dudo que nadie

_____ (**8. divertirse**) en este tipo de teatro, salvo, tal vez, los actores.

                    Copyright © Houghton Mifflin Company. All rights reserved.

Lengua 2: Relative pronouns

Actividad 7: Poderes especiales.   Hay personas que tienen poderes especiales en este mundo. Algunas los usan con bondad y los otros con maldad. Mira los dibujos y une dos frases para escribir una oración descriptiva de cada uno. Usa **que** para unir las frases.

1	2	3	4

Éste es el cura   Da un sermón sobre la paz en el mundo.
Ésta es la bruja   Cura a la gente con magia.
Éste es el curandero   Hace mucho daño en el mundo.
Éste es el diablo   Habla con su gato negro.

1. _____

2. _____

3. _____

4. _____

Actividad 8: ¿Cuyo?   Tú conoces a muchas personas muy interesantes. Para conversar sobre ellas, completa las oraciones con la forma correcta del pronombre **cuyo/a/s**.

1. Mariluz, _____ esposo es ingeniero, es muy religiosa.

2. El Padre Velilla, _____ hermana es profesora, es un sacerdote maravilloso.

3. La bruja, _____ hijos no creen en la magia, irá a hablar mañana con un

   adivino para saber si hay un futuro en la brujería.

4. Mis amigos universitarios, _____ supersticiones me fascinan, me invitaron

   a su fiesta esta noche.

5. Mis amigos del suroeste, _____ fiesta favorita es el Cinco de Mayo,

   celebran el día con desfiles y fiestas especiales.

6. Mi amigo Roberto, _____ madre es muy simpática, se va a casar conmigo

   el año que viene en una ceremonia tradicional de Tailandia.

Copyright © Houghton Mifflin Company. All rights reserved.

Actividad 9: ¿Quién? Estás escribiéndoles una carta a tus padres y quieres hacer tus oraciones más descriptivas. Pon un círculo alrededor de la palabra correcta para completar la oración.

1. Mi abuela habla de sus antepasados mexicanos (**que / cuyos**) tenían unas tradiciones fascinantes.

2. La tía de Pablo, (**el que / la que**) tiene el sombrero azul con flores, es muy supersticiosa.

3. El obispo, (**el que / cuyos**) hermanos trabajaban en las minas, murió ayer trágicamente.

4. Ella es la persona con (**cual / quien**) fui a misa ayer.

5. Enrique y Julio, a (**quien / quienes**) vimos ayer, son de Paraguay.

6. El museo (**el cual / cuyo**) visitamos ayer, tiene un altar para el día de los muertos.

7. Ella es la chica a (**la que / cuales**) le di el libro sobre los mayas.

8. Éste es el libro de (**que / quien**) te hablé.

9. Ella me dio muchos regalos para el día de mi santo, (**lo que / que**) me impresionó bastante.

10. Son los profesores de (**cuales / quienes**) oímos unos cuentos muy interesantes.

Lengua 3: Infinitives and present participles

Actividad 10: ¡Acción! Para tener una idea más clara de las acciones de la gente, llena los espacios en blanco con la forma correcta del participio presente.

1. Yo estoy _____ (**leer**) un libro fascinante sobre la Pachamama.

2. Ellos están _____ (**pedir**) ayuda financiera para pagar sus cuentas.

3. Nosotros estábamos _____ (**dormir**) cuando llegó la tormenta.

4. Ellos estarán _____ (**construir**) edificios nuevos hasta que me gradúe.

5. Ustedes andan _____ (**pensar**) en la bruja que nos visitó anoche.

6. Yo me fui _____ (**esperar**) que todo estuviera en orden.

7. Tú seguirás _____ (**estudiar**) hasta que apaguen las luces.

8. Nosotros seguimos _____ (**divertirse**) todas las noches.

 Copyright © Houghton Mifflin Company. All rights reserved.

Actividad 11: Yo también. A ti siempre te gusta tener la última palabra cuando hablas con la gente. Llena los espacios en blanco con la forma correcta del verbo relacionado con el verbo en negrilla, para expresar tu versión del asunto mencionado en cada oración.

1. Esteban **conoce** a mucha gente. Yo quiero _____ a la gente también.

2. Juana **leyó** un libro sobre los incas. Yo acabo de _____ un libro sobre los aztecas.

3. Esmeralda **se va** de vacaciones. Pienso _____ de vacaciones también.

4. Daniela no **ve** ni **cree** en nada. Pero yo digo que _____ es _____.

5. Elena **estudia** mucho. Yo debo _____ también.

6. Carlos **fuma** mucho. Pero yo sé que está prohibido _____ en esta universidad.

7. Enrique **va** al cine frecuentemente. Para _____ al cine necesito dinero o un amigo generoso como Enrique.

Actividad 12: El monstruo y la chica espantada. Un accidente horroroso estaba a punto de ocurrir, pero tu amiga fue la heroína del día. Llena los espacios en blanco con la forma correcta del verbo (participio presente o infinitivo) para saber lo que le pasó.

Ayer una chica de diez años de edad salió _____ (**1. llorar**) del cine. Parece

que acaba de _____ (**2. ver**) una película de terror. Corrió para

_____ (**3. cruzar**) la calle, pero al _____

(**4. llegar**), se cambió la luz del semáforo y el tráfico empezó a _____

(**5. moverse**). Yo acababa de _____ (**6. salir**) del mismo cine cuando

vi a la chica _____ (**7. tratar**) de cruzar esa calle llena de tráfico.

Yo corrí hacia ella, _____ (**8. esperar**) llegar a tiempo y

_____ (**9. correr**) cuidadosamente. Gracias a Dios llegué

_____ (**10. volar**) y a tiempo para _____

(**11. salvarla**) del peligro del tráfico y para _____ (**12. calmarla**),

_____ (**13. decirle**) que el monstruo de la película era una ficción

producida por efectos especiales.

EXPANSIÓN

Arte

Actividad 13: La boda. Un amigo mexicano pintó esta escena sobre papel especial hecho de la corteza (*bark*) de un árbol, y se lo dio a tu prima como regalo de boda. Describe a continuación la boda según lo que ves en la foto de la pintura.

_____

_____

_____

_____

Copyright © Houghton Mifflin Company. All rights reserved.

Literatura

Actividad 14: El eclipse. En una clase de ciencias hablan de los eclipses y un amigo tuyo menciona este cuento que refleja la importancia del conocimiento científico. Lee este trozo del cuento escrito por el autor guatemalteco Augusto Monterroso (1921–2003) y completa las oraciones, poniendo un círculo alrededor de la respuesta correcta.

El eclipse
por Augusto Monterroso

Cuando fray Bartolomé Arrazola se sintió perdido aceptó que ya nada podría salvarlo. La selva poderosa de Guatemala lo había apresado, implacable y definitiva. Ante su ignorancia topográfica se sentó con tranquilidad a esperar la muerte. Quiso morir allí, sin ninguna esperanza, aislado, con el pensamiento fijo en la España distante de su juventud.

Al despertar se encontró rodeado por un grupo de indígenas que se disponían a sacrificarlo ante un altar, un altar que a Bartolomé le pareció como el lecho (*bed*) en que descansaría, al fin, de sus temores, de su destino, de sí mismo.

Tres años en el país le habían conferido un mediano dominio de las lenguas nativas. Intentó algo. Dijo algunas palabras que fueron comprendidas.

Entonces floreció en él una idea que tuvo por digna de su talento y de su cultura universal y de su arduo conocimiento de Aristóteles. Recordó que para ese día se esperaba un eclipse total de sol. Y dispuso, en lo más íntimo, valerse (*take advantage of*) de aquel conocimiento para salvar la vida.

—Si me matáis —les dijo— puedo hacer que el sol se oscurezca en su altura.

Los indígenas lo miraron fijamente y Bartolomé sorprendió la incredulidad en sus ojos. Vio que se produjo un pequeño consejo (*council*), y esperó confiado, no sin cierto desdén (*contempt*).

Dos horas después el corazón de fray Bartolomé Arrazola chorreaba (*was gushing*) su sangre vehemente sobre la piedra de los sacrificios (brillante bajo la opaca luz de un sol eclipsado), mientras uno de los indígenas recitaba sin ninguna inflexión de voz, sin prisa, una por una, las infinitas fechas en que se producirían eclipses solares y lunares, que los astrónomos de la comunidad maya habían previsto y anotado en sus códices sin la valiosa ayuda de Aristóteles.

1. El elemento de la naturaleza que se menciona en este cuento es _____.

   a. las montañas   **b.** la selva   **c.** el mar

2. Fray Bartolomé Arrazola era originalmente de _____.

   a. México   **b.** Perú   **c.** España

3. Fray Bartolomé había pasado _____ años en Guatemala.

   a. quince   **b.** tres   **c.** treinta

4. Ese día se esperaba _____.

   a. un eclipse total del sol   **b.** mucha lluvia   **c.** tornados

5. Se sabe que Fray Bartolomé murió porque la sangre _____.

   a. chorreaba de su cabeza   **b.** se le salía de su corazón   **c.** corría de su boca

6. Los astrónomos de la comunidad maya habían anotado el eclipse en sus _____.

   a. códices   **b.** piedras   **c.** altares

7. La ciencia europea que conocía Fray Bartolomé está simbolizada en _____.

   a. Newton   **b.** Galileo   **c.** Aristóteles

Copyright © Houghton Mifflin Company. All rights reserved.

Redacción

Actividad 15: Ensayo: Un momento de mi vida.

Piensa en tu pasado y escoge un momento difícil: _____

¿Qué día era? _____ ¿qué estación? _____

¿Qué tiempo hacía? _____

¿Cuántos años tenías? _____

¿Por qué era importante ese día? _____

Escribe los detalles importantes de ese día.

_____

_____

_____

Usando tus apuntes, escribe el ensayo.

Primer párrafo: Establece la escena.

_____

_____

_____

Segundo párrafo: Indica los detalles importantes:

_____

_____

_____

Tercer párrafo: Escribe la conclusión.

_____

_____

_____

Copyright © Houghton Mifflin Company. All rights reserved.

Capítulo 11

ARTE
Y LITERATURA

TEMAS Y CONTEXTOS

Lectura

Quieres ser poeta y un amigo tuyo te ha mandado este artículo sobre algunos poetas jóvenes que ahora están de moda en España. Lee la selección adaptada.

Primeros pasos de nuevos poetas

Inmaculada Contreras, José Luis Rey, Pedro Marín, Josep M. Rodríguez y
Raúl Alonso representan nuevas corrientes poéticas.

MANUEL RICO

Inmaculada Contreras en su *Corazón de barro* escribe poemas breves donde confiesa sus experiencias amorosas e íntimas. Usa un tono coloquial y directo con ironía y un poco de humor.

Josep M. Rodríguez muestra más profundidad en *Frío,* una colección de poemas donde escribe sobre la vida y sobre la muerte, sobre el reverso de la propia identidad, sobre los límites de lo real.

Pedro Marín en *Los días prometidos* escribe sobre la soledad en comunión con la naturaleza y con la vida rural, desde la memo-ria de la infancia con una celebración de la vida (y de la muerte) en una realidad reconocible.

Raúl Alonso con su *Libro de catástrofes* usa formas clásicas y el juego lingüístico en la búsqueda de significados ocultos nuevos. Es original, fresco y revela la existencia de un poeta ambicioso.

José Luis Rey también es ambicioso. Su libro *La luz y la palabra,* es contemplativo y visionario, con una enorme riqueza lingüística, pero escribe excesivamente y sin control.

Con estos cinco libros vemos que tienen algo en común: los conflictos del mundo parecen no existir entre sus páginas. Estos poetas reflejan, tal vez, una tendencia hacia poesía íntima y personal.

Corazón de barro. Inmaculada Contreras. Renacimiento. Sevilla, 2001. 48 páginas. 5 euros.

Frío. Josep M. Rodríguez. Pre-Textos. Valencia, 2002. 47 páginas. 9 euros.

Los días prometidos. Pedro Marín. Pre-Textos. Valencia, 2001. 60 páginas. 6,1 euros.

Libro de las catástrofes. Raúl Alonso. DVD Ediciones. Barcelona, 2002. 89 páginas. 7,90 euros.

La luz y la palabra. José Luis Rey. Visor. Madrid, 2001. 135 páginas. 7,21 euros.

Actividad 1: Poetas. Completa las oraciones poniendo un círculo alrededor de la palabra correcta.

1. La poesía de Inmaculada Contreras tiene un tono _____.

    a. formal   b. coloquial   c. surreal

2. La poesía de Josep M. Rodríguez es sobre los límites de lo _____.

    a. ridículo   b. trágico   c. real

Copyright © Houghton Mifflin Company. All rights reserved.

3. La poesía de Pedro Marín es una poesía con mucha _____.

   a. naturaleza   b. violencia   c. urbanidad

4. Raúl Alonso usa formas _____.

   a. abstractas   b. francesas   c. clásicas

5. La poesía de José Luis Rey es _____.

   a. visionaria   b. práctica   c. sencilla

6. El poeta que escribe excesivamente pero al mismo tiempo con una riqueza lingüística es _____.

   a. Contreras   b. Rey   c. Marín

7. El libro más caro fue escrito por _____.

   a. Rodríguez   b. Contreras   c. Alonso

8. El libro más barato fue escrito por _____.

   a. Rey   b. Contreras   c. Marín

9. El libro más largo fue escrito por _____.

   a. Marín   b. Alonso   c. Rey

10. El autor de la selección, Manuel Rico, nota que en todos estos libros hay una falta de poemas sobre los conflictos _____.

   a. de familia   b. del mundo   c. personales

Vocabulario

Actividad 2: Definiciones. Un primo tuyo quiere usar la terminología para describir el arte plástico y la literatura. Para ayudarle, pon un círculo alrededor de la palabra correcta para completar la definición.

1. Si uno hace artefacto se puede decir que está hecho a _____.

   a. dedo   b. mano   c. diente

2. Si una novela se burla de unas situaciones en la vida se conoce como una _____.

   a. burla   b. cómica   c. sátira

3. El material sobre el cual los pintores hacen sus cuadros pintando al óleo es un _____.

   a. lienzo   b. óleo   c. paisaje

4. El estilo de pintura donde normalmente no hay personas, solamente cosas naturales es una naturaleza _____.

   a. viva   b. natural   c. muerta

5. Un libro que uno escribe sobre sí mismo es una _____.

   a. biografía   b. autobiografía   c. biología

6. Un objeto que emite luz es _____.

   a. lujoso   b. luminoso   c. ligero

Copyright © Houghton Mifflin Company. All rights reserved.

Actividad 3: Artista divertida. Visitas a una artista. Lee la selección y llena los espacios en blanco con las formas correctas de las palabras de la lista. Usa cada palabra sólo una vez.

acuarelas	lienzo	óleo	sátira
dibujos	naturalezas muertas	paisajes	sombra

Yo soy artista por gusto, no de profesión. A veces creo unas (**1.**) _____

cuando sólo quiero usar agua y colores frescos para pintar algo alegre. Pero para mis obras más

serias necesito comprarme un (**2.**) _____ grande sobre el cual pinto

retratos en (**3.**) _____, imitando a los grandes maestros como

Velázquez y El Greco. A veces me gusta pintar los (**4.**) _____

naturales y me pongo afuera en la (**5.**) _____ para protegerme

del sol. En casa me gusta pintar unas (**6.**) _____ con frutas y

cosas que encuentro en mi cocina. Todos los días mientras miro la televisión hago

(**7.**) _____ cómicos. Me gusta la (**8.**) _____

política y encuentro material en las noticias y en los otros programas de televisión.

Cultura

Actividad 4: Don Juan. Una amiga tuya se queja de su ex novio, diciendo que fue un "don Juan". Lee la siguiente selección sobre la historia de Don Juan y pon **V** si la oración es **verdadera** y **F** si la oración es **falsa**.

Don Juan Tenorio es una figura legendaria en la literatura española y la cultura mundial. Hay muchas versiones de esta historia y las dos principales son el drama *El burlador de Sevilla*, por Tirso de Molina y *Don Juan Tenorio*, por José Zorrilla. Mozart tiene una ópera, llamada *Don Giovanni* y hay una película vieja llamada *The Adventures of Don Juan* con el actor estadounidense Errol Flynn, desempeñando el papel de don Juan. Hay algunos otros autores de versiones de esta leyenda tales como Molière, Byron y George Bernard Shaw. El problema básico de don Juan es su irresponsabilidad hacia el amor. Seduce fácilmente a muchas mujeres, de todas las clases sociales, pero le gusta más el juego que la responsabilidad y las deja después de conquistarlas, usando muchos trucos y mentiras. En la versión original de Tirso de Molina se va al infierno y así su conducta es condenada. Pero en la versión romántica de Zorrilla, el amor puro y santo de una mujer lo salva «al pie de la sepultura» (cuando está casi muerto), y al último momento don Juan se arrepiente de todas sus travesuras (*pranks*) y termina en el cielo con su amor verdadero y con los ángeles.

_____ **1.** Don Juan es una figura legendaria.

_____ **2.** Hay muchos dramas, libros, óperas y películas basadas en la leyenda de Don Juan.

_____ **3.** El problema de don Juan es el dinero.

_____ **4.** A don Juan le gusta mucho la responsabilidad.

_____ **5.** En la versión original, don Juan termina en el infierno.

_____ **6.** En la versión romántica, don Juan muere sin amor debido a todas sus travesuras.

Copyright © Houghton Mifflin Company. All rights reserved.

LENGUA

Lengua 1: *Hacer* in time expressions

Actividad 5: Mis amigos artísticos. Vuelve a escribir la oracion con la construcción **hace** + *tiempo* + *que* + *presente de indicativo* y después con la construcción **hacía** + *tiempo* + *que* + *imperfecto de indicativo*.

> **Ejemplo:** Miguel escribe su novela desde hace cinco años.
> *Hace cinco años que Miguel escribe su novela.*
> *Hacía cinco años que Miguel escribía su novela.*

1. Alicia canta ópera desde hace nueve años.

   _____

   _____

2. Gabriel escribe su autobiografía desde hace catorce años.

   _____

   _____

3. Leonardo pinta su óleo desde hace siete meses.

   _____

   _____

4. Pablo crea una escultura desde hace una hora.

   _____

   _____

Actividad 6: Lo que hicieron mis amigos artísticos. Primero, escribe el verbo principal en el pretérito en los espacios en blanco al final de cada oración. Luego vuelve a escribir cada oración en otro orden, usando la construcción: *pretérito* + **hace** + *tiempo*.

> **Ejemplo:** Hace cinco años que Gerardo (**escribir**) su cuento _____*escribió*_____
> *Gerardo escribió su cuento hace cinco años.*

1. Hace nueve años que Guadalupe (**cantar**) corridos. _____

   _____

2. Hace catorce años que Elena Poniatowska (**escribir**) la biografía de Frida Kahlo. _____

   _____

3. Hace siete meses que Marisol (**pintar**) una naturaleza muerta. _____

   _____

4. Hace una hora que José María (**crear**) una acuarela. _____

   _____

   Copyright © Houghton Mifflin Company. All rights reserved.

Actividad 7: Un regalo.   Tu compañero/a de cuarto quiere conocer mejor tus intereses. Contesta las preguntas lógicamente, prestando atención especial al tiempo del verbo.

1. ¿Cuánto tiempo hace que estudias en esta universidad?

_____

2. ¿Cuánto tiempo hace que tú leíste una novela romántica?

_____

3. ¿Cuánto tiempo hacía que no veías a tus amigos?

_____

4. ¿Desde cuándo estudias español?

_____

5. ¿Cuánto tiempo hace que viste una película interesante?

_____

Lengua 2: *Se* to express accidental or unplanned occurrences

Actividad 8: El día de Florencia.   Florencia acaba de tener un día difícil. Comenzó con el desayuno y duró hasta que salió del trabajo. Mira los dibujos y completa las oraciones para saber lo que le pasó, usando las expresiones para eventos no anticipados.

1.

2.

3.

4.

5.

1. A Florencia _____ el desayuno.

2. A ella _____ las llaves.

3. A ella _____ la computadora.

4. A ella _____ el dinero.

5. A ella _____ la pierna. ¡Pobre Florencia!

Copyright © Houghton Mifflin Company. All rights reserved.

Actividad 9: El libro.   Trataste de escribir un libro pero tuviste una experiencia desastrosa. Llena los espacios en blanco con las formas correctas de los verbos para indicar eventos imprevistos, usando el pretérito y el imperfecto.

Un día _____ (**1. ocurrir**) una buena idea. Decidí escribir

un libro sobre mi propia vida, una autobiografía magnífica. Pero, desafortunadamente, como

_____ (**2. perder**) todos los bolígrafos, decidí usar mi

computadora. Prendí la máquina pero después de una hora _____

(**3. descomponer**). Perdí todo lo que había escrito. Empecé a escribir con lápiz pero

_____ (**4. romper**) el papel cuando escribía. Cuando

salí de mi cuarto para buscar más papel en la oficina me di cuenta (*I realized*) de que

_____ (**5. olvidar**) comprar papel. Como

_____ (**6. hacer**) tarde decidí abandonar el proyecto.

Actividad 10: Lo siento.   Nadie había hecho su tarea, pero todos los estudiantes tenían disculpas (*excuses*). Llena los espacios en blanco con la forma correcta de los verbos indicados para indicar eventos imprevistos.

1. Lo sentimos, pero a nosotros _____ (**ocurrir**) la idea de hacer

    nuestra tarea demasiado tarde.

2. Lo siento, pero a mí _____ (**perder**) la hoja de papel donde tenía

    la tarea apuntada.

3. Lo siento, pero a mi amiga _____ (**romper**) las dos piernas y tuve

    que llevarla al hospital.

4. Lo siento, pero a ellos _____ (**perder**) los libros que me iban a

    prestar.

5. Lo sentimos, pero a nosotras _____ (**olvidar**) que teníamos tarea.

6. Lo siento, pero a mí _____ (**confundir**) todo.

Copyright © Houghton Mifflin Company. All rights reserved.

EXPANSIÓN

Arte

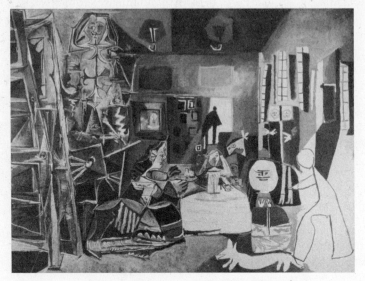

Pablo Picasso: *Las Meninas,* 1957

Salvador Dalí: *Las Meninas,* 1976–1977

Museo Nacional Centro de Arte Reina Sofía, Madrid

Actividad 11: Muchas Meninas. Hay muchas versiones de *Las Meninas* de Velázquez, una pintura reproducida en este libro de texto en el capítulo 11, sección de "Arte". Mira aquí las fotos de las dos pinturas basadas en la de Velázquez. Escribe un ensayo, comparando y contrastando las dos pinturas aquí. Una es de Pablo Picasso (1881–1973) y la otra es de Salvador Dalí (1904–1989). ¿Qué cosas son iguales y cuáles son diferentes en las dos pinturas? ¿Cuál de las dos prefieres? Explica.

_____

_____

_____

_____

_____

_____

_____

_____

_____

_____

Copyright © Houghton Mifflin Company. All rights reserved.

Literatura

Actividad 12: Julia. Un amigo tuyo te aconsejó que leyeras este cuento porque sabe que te gusta ir a los museos. Lee la selección y completa las oraciones, poniendo un círculo alrededor de la respuesta correcta.

La señorita Julia

por Ana Cortesi-Jarvis

Alberto Aguirre necesita ganar algún dinero para poder asistir a la universidad. Solicita y obtiene un trabajo en casa de la señorita Julia Ocampos, anciana de ochenta años, que tiene muchísimo dinero y vive sola, con una criada.

El trabajo de Alberto consiste en hacer un inventario completo de todas las posesiones de la señorita Julia.

Un día, Alberto sube a un cuarto pequeño, con cortinas de encaje (*lace*) blanco y olor a jazmines. Es entonces que nota el cuadro enorme colgado en la pared. Es el retrato de una muchacha de belleza espléndida, sentada bajo un árbol grande, con margaritas (*daisies*) en el regazo (*lap*).

Alberto pasa horas en el cuarto, contemplando el cuadro. Allí trabaja, come, sueña, vive...

Un día oye los pasos de la señorita Julia, que viene hacia el cuarto.

—¿Quién es?— pregunta Alberto, señalando el cuadro con una mezcla de admiración, respeto y delirio.

—Soy yo... —responde la señorita Julia—, yo a los dieciocho años.

Alberto mira el cuadro y mira a la señorita Julia, alternativamente. En su corazón nace un profundo odio por la señorita Julia, que es vieja y arrugada (*wrinkled*) y tiene el pelo blanco.

Cada día que pasa, Alberto está más pálido y nervioso. Casi no trabaja. Cada día está más enamorado de la muchacha del cuadro, y cada día odia más a la señorita Julia.

Una noche, cuando está listo para regresar a su casa, oye pasos que vienen hacia el cuarto. Es la señorita Julia.

—Su trabajo está terminado —dice—; no necesita regresar mañana...

Alberto mata a la señorita Julia y pone el cadáver de la anciana a los pies de la muchacha.

Pasan dos días. La criada llama a la policía cuando descubre el cuerpo de la señorita Julia en el cuarto de arriba.

—Estoy segura de que fue un ladrón —solloza la criada.

—¿Falta algo de valor? —pregunta uno de los policías mirando a su alrededor.

La criada tiene una idea. Va a buscar el inventario detallado, escrito por Alberto con su letra pequeña y apretada (*squeezed together*). Los dos policías leen el inventario y van por toda la casa y ven que no falta nada.

Regresan al cuarto.

Parados al lado de la ventana con cortinas de encaje blanco y olor a jazmines, leen la descripción del cuadro que tienen frente a ellos: «Retrato de una muchacha de belleza espléndida, sentada bajo un árbol grande, con margaritas en el regazo».

—¡Qué raro! —exclama uno de los policías, frunciendo el ceño. Según este inventario, es el retrato de una muchacha, no de una pareja...

Copyright © Houghton Mifflin Company. All rights reserved.

1. Alberto trabaja en la casa de la señorita Julia Ocampos porque quiere _____.

   a. comprar un coche

   b. asistir a la universidad

   c. ayudar a su abuela

2. Alberto _____ en casa.

   a. limpia

   b. trabaja de carpintero

   c. hace un inventario de todas las cosas

3. Alberto pasa muchas horas _____.

   a. mirando un cuadro

   b. pintando la sala

   c. hablando por teléfono

4. Alberto está muy enamorado de _____.

   a. su trabajo

   b. la anciana

   c. la joven del cuadro

5. Cuando la señorita Ocampos lo despide del trabajo, Alberto _____.

   a. llama a la policía

   b. protesta

   c. la mata

6. Cuando los policías llegan para investigar el crimen, ven un cuadro con dos personas, la joven y

   _____.

   a. la vieja

   b. el ladrón

   c. Alberto

Copyright © Houghton Mifflin Company. All rights reserved.

Redacción

Actividad 13: Ensayo: Mi obra favorita. Escribe un ensayo sobre tu libro u obra de arte favorita. Escribe tu ensayo con los siguientes detalles.

1. Época en que se escribió o se pintó:

_____

_____

_____

2. El público a quien se dirige:

_____

_____

_____

3. Descripción de su contenido o tema:

_____

_____

_____

4. Descripición del estilo empleado por el/la autor/a o artista:

_____

_____

_____

5. El mensaje de este libro o de esta obra:

_____

_____

_____

6. Las razones por las cuales te impresiona:

_____

_____

_____

Copyright © Houghton Mifflin Company. All rights reserved.

Capítulo 12 | S O C I E D A D
Y P O L Í T I C A

TEMAS Y CONTEXTOS

Lectura

Como cualquier otra ciudad, Madrid tiene problemas de robo. Lee este trozo de un artículo sobre lo que pasó y contesta las preguntas.

Detenidas varias bandas de ladrones que robaban a turistas en el centro de la capital

Decían que eran policías, pedían a la víctima la documentación y huían con la cartera.

EL PAÍS, **Madrid**
El método que empleaban las bandas de ladrones detenidas era simple y efectivo: localizaban a un grupo de turistas, se acercaban a él, se hacían pasar por policías y pedían la documentación. Los turistas sacaban entonces la cartera. Los ladrones la agarraban y salían corriendo. Tras identificar a los delincuentes, los agentes detuvieron esta semana a los 19 miembros de varias bandas.

Los investigadores examinaron todas las denuncias formuladas por visitantes, principalmente extranjeros. En ellas, las víctimas relataban (decían) que unos individuos, haciéndose pasar por policías, les obligaban a mostrar sus documentos aprovechando la supuesta condición de agentes de la autoridad.

A continuación, se apoderaban de sus carteras, dándose inmediatamente a la fuga (huyéndose).

Tras localizar a estos delincuentes, se pudo verificar que tras dar sus golpes se refugiaban en pensiones y hostales de las calles céntricas de Madrid y que se alojaban en ellas bajo nombres ficticiosos para eludir cualquier control policial.

Actividad 1: ¿Policía o ladrón? Pon V si la oración es **verdadera** y F si la oración es **falsa** según la información del artículo.

_____ 1. Los ladrones roban generalmente a los turistas.

_____ 2. Los ladrones se hacen pasar por profesores.

_____ 3. Los ladrones les piden las cartas y la documentación a los turistas.

_____ 4. Después, los ladrones salen corriendo con los papeles y el dinero.

_____ 5. Los ladrones se esconden en el campo fuera de la ciudad.

Copyright © Houghton Mifflin Company. All rights reserved.

Vocabulario

Actividad 2: Definiciones. Quieres prepararte para una carrera en el campo de trabajo social. Llena los espacios en blanco con la forma correcta de la palabra que mejor complete la definición.

delito	desigualdad	ladrona	narcotráfico	tasa delictiva
desempleo	dictador	monarquía	pena de muerte	

1. Un criminal que va a morir por su crimen va a recibir la _____.

2. Si hay falta de trabajo, hay _____.

3. El rey forma parte de un gobierno conocido como una _____.

4. Un crimen también es conocido como un _____.

5. Un líder que tiene mucho poder sin que haya democracia es un _____.

6. Si no hay igualdad, la gente se puede quejar de la _____.

7. El tráfico de drogas es conocido como el _____.

8. La frecuencia de crímenes es conocida como la _____.

9. La que roba es conocida como una _____.

Actividad 3: ¡La vida criminal! Quieres ampliar tu vocabulario sobre crímenes y criminales. Llena los espacios en blanco con la forma correcta de las palabras relacionadas con las palabras en negrilla.

1. Si **castigas** mucho a una persona puede quejarse del _____.

2. El acto de **abusar** es el _____.

3. Si me **prohibes** hablar me voy a quejar de tal _____.

4. Si un criminal te **asalta**, hablas con el policía del _____.

5. Si tu jefe **discrimina** contra ti debes quejarte de la _____ a las autoridades.

6. Si alguien trata de **sobornarte** para que no reveles un secreto importante debes rechazar su

   _____.

7. Si uno **acusa** a alguien de hacer algo se habla de la _____.

8. Ellos **censuran** todo lo que no quieren ver ni oír. Su _____ es demasiada

   subjectiva.

9. Si alguien te **viola**, debes llamar al policía inmediatamente para informarles sobre la

   _____.

10. Si quieres **protegerte** del peligro debes buscar la _____ adecuada.

11. Si quieres **espiar** al enemigo debes aprender a ser buen _____.

Copyright © Houghton Mifflin Company. All rights reserved.

12. La persona que **aterroriza** a la gente es conocida como un _____.

13. Si quieres **influir** en la sociedad debes buscar una carrera con mucha _____

sobre la gente.

14. Mi vecino trata de **chantajearme** para que no diga nada sobre su crimen. No debo aceptar esta clase

de _____.

15. Si yo te **elijo**, tú ganarás las _____.

16. El poder muchas veces **corrumpe** y por eso es muy común hablar de la

_____ en la política.

17. Si alguien te **apoya** en tu campaña electoral, debes agradecerle su _____.

Cultura

Actividad 4: Rubén Blades. Una amiga tuya muy aficionada a la música recomienda que tú vayas a un concierto de Rubén Blades con ella. Lee la selección sobre el cantante y completa las oraciones, poniendo un círculo alrededor de la respuesta correcta.

Rubén Blades, cantante y actor panameño, nació el 16 de julio de 1948. Ha producido más de 20 álbumes como solista y ha actuado en más de 26 películas. En los años de 1980 estudió en la Facultad de Derecho de la Universidad de Harvard y ganó un título de doctorado de leyes internacionales. Canta música salsa y muchas de sus canciones tienen mensajes sociales y políticos. Fundó su propio partido político y ha participado muy activamente en la política. Llegó a ser candidato presidencial en Panamá en 1994 y terminó en tercer lugar con el 20% de los votos.

1. Rubén Blades es de _____.

   a. los Estados Unidos   **b.** España   **c.** Panamá

2. El señor Blades es cantante, actor y _____.

   a. político   **b.** profesor   **c.** médico

3. En los Estados Unidos Rubén Blades estudió _____.

   a. música   **b.** medicina   **c.** derecho

4. Rubén Blades canta música _____.

   a. clásica   **b.** salsa   **c.** flamenca

5. En muchas de las canciones de Rubén Blades hay mensajes _____.

   a. políticos   **b.** secretos   **c.** románticos

6. El señor Blades fundó _____.

   a. un partido político   **b.** una escuela de derecho   **c.** un conjunto musical

Copyright © Houghton Mifflin Company. All rights reserved.

LENGUA

Lengua 1: The past participle as adjective

Actividad 5: Todo está terminado. Como presidenta de un país latinoamericano y antes de irte para un viaje largo, le haces unas preguntas a tu secretario que te las contesta. Mira el ejemplo y llena los espacios en blanco con la forma correcta de **estar** + *el participio pasado*.

> **Ejemplo:** ¿Cerraron la puerta? Sí, la puerta ya _____*está cerrada.*_____

1. ¿Aprobaron el acuerdo? Sí, el acuerdo ya _____.

2. ¿Abrieron las sesiones del congreso? Sí, las sesiones del congreso ya

   _____.

3. ¿Escribió la carta? Sí, la carta ya _____.

4. ¿Terminaron la reunión? Sí, la reunión ya _____.

5. ¿Eligieron al nuevo gobernador? Sí, el nuevo gobernador ya

   _____.

6. ¿Hicieron la comida para mi hijo? Sí, la comida ya _____.

Actividad 6: Acciones y sus consecuencias. Hay muchas noticias violentas en estos días. Expresa tu sorpresa ante las noticias usando el participio pasado como adjetivo. Llena los espacios en blanco con la forma correcta del participio pasado del verbo indicado por la negrilla.

> **Ejemplo:** Los fugitivos **hirieron** al guardia y el guardia _____*herido*_____ no pudo proteger el edificio.

1. Las autoridades **castigaron** a los asesinos con la pena de muerte y los asesinos

   _____ así merecieron morir, dada la violencia de su crimen.

2. Los directores **censuraron** la carta del autor dirigida al periódico debido a sus ideas comunistas y el

   autor _____ se quejará de esta situación en su próxima novela.

3. Los jóvenes **aterrorizaron** a las viejas del asilo de ancianos y las viejas

   _____ llamaron a la policía y ahora los terroristas están encarcelados.

4. Los padres **protegieron** a sus hijos del ataque terrorista y los hijos _____

   sobrevivieron aunque sus padres murieron.

5. El hombre borracho **abusó** a su mujer, pero la mujer _____ recibió ayuda

   de una agencia social y salió de este matrimonio abusivo.

6. ¡Unos hombres **soltaron** a todos los animales del zoológico y los animales

   _____ causaron muchos problemas de tráfico en la ciudad!

7. La madre **castigó** a sus hijos por no hacer su tarea y más tarde los niños

   _____ estudiaron tanto que llegaron a ser los mejores alumnos de su escuela.

   Copyright © Houghton Mifflin Company. All rights reserved.

8. Los revolucionarios **liberaron** a los prisioneros políticos y los prisioneros

_____ volvieron a sus casas para saludar a sus familias.

9. El nuevo presidente **despertó** al público y el público _____ por fin

entendió la mala situación política causada por el antiguo presidente.

10. Ellos **eligieron** al presidente y el presidente _____ dio una fiesta para todo

el país.

11. Los espías **chantajearon** al senador y el senador _____ perdió las

elecciones y tuvo una carrera arruinada.

Actividad 7: Efectos. Tu servicio de Internet que te da las noticias tiene un virus raro y no puedes ver la primera palabra en cada frase. Para saber lo que pasa, llena los espacios en blanco con la forma correcta del participio pasado.

1. _____ (**Escribir**) su carta de resignación, el presidente salió a la calle, feliz

de haber abandonado ese gobierno tan corrupto.

2. _____ (**Terminar**) el almuerzo con el senador, María no regresó a casa.

3. _____ (**Romper**) los lazos con el gobierno anterior, el dictador pudo

ejercer su propio poder sin límites.

4. _____ (**Poner**) el dinero en el banco, el rey pudo pagar sus cuentas.

5. Una vez _____ (**abrir**) el paquete, el general vio la bomba.

6. _____ (**Morir**) los tiranos, la gente pudo celebrar su libertad.

Lengua 2: Passive forms

Actividad 8: Agentes. Quieres poner más énfasis en las acciones que en las personas que las hacen. Cambia cada oración a la forma pasiva.

Ejemplo: Mi hermana cocinó la comida. *La comida fue cocinada por mi hermana.*

1. El gobierno publicó las noticias electorales.

_____

2. El Congreso aprobó la reducción de impuestos.

_____

3. El monarca aplaudió la nueva ley contra el terrorismo.

_____

Copyright © Houghton Mifflin Company. All rights reserved.

4. El dictador condenó las elecciones democráticas.

_____

5. El presidente aprobó muchos viajes al extranjero.

_____

6. Mis hermanos vieron al ladrón.

_____

Actividad 9: Reglas. Tu profesora es muy estricta y tiene muchas reglas para su clase. Para saber cuáles son, llena los espacios en blanco con la forma correcta de las expresiones impersonales con **se** y el verbo en el presente.

> **Ejemplo:** Aquí _____ (**hablar**) español.
> Aquí ___*se habla*___ español.

1. Aquí _____ (**sentarse**) en las sillas.

2. _____ (**poner**) los pies en el suelo.

3. No _____ (**llevar**) sombrero.

4. No _____ (**hablar**) cuando habla la profesora.

5. No _____ (**mirar**) los papeles de los otros estudiantes durante un examen.

6. No _____ (**fumar**).

7. No _____ (**comer**) hamburguesas ni huevos revueltos ni ninguna comida

olorosa.

8. No _____ (**beber**) alcohol.

9. No _____ (**masticar**) chicle.

10. No _____ (**dormir**).

Actividad 10: Nuestro país. Eres reportero y estás preparando unas oraciones especiales para describir las elecciones del pasado, del presente y del futuro. Vuelve a escribir las oraciones, usando la forma equivalente de **ser** + _el participio pasado_. ¡Cuidado con los tiempos verbales!

> **Ejemplo:** Encontrarán a buenos candidatos.
> _Buenos candidatos serán encontrados._

1. **Establecen** nuevas leyes. _____.

2. **Elegirán** a nuevos gobernadores. _____.

3. **Anunciaron** nuevos impuestos. _____.

4. **Han creado** una política moderna. _____.

5. **Desarrollarían** una nueva forma de gobernar. _____.

   Copyright © Houghton Mifflin Company. All rights reserved.

EXPANSIÓN

Arte

Irma Muller: *Arpillera*

Actividad 11: Arpilleras.   Las arpilleras son pedazos de material cosidos por las mujeres de ciertos países latinoamericanos, como Chile, que se usan para protestar injusticias sociales o para mostrar escenas importantes de la vida diaria. Mira la arpillera aquí, reproducida en *Tapestries of Hope*, un libro escrito por la profesora Marjorie Agosin, una famosa poeta chilena. Contesta las siguientes preguntas poniendo un círculo alrededor de la respuesta correcta.

1. Según la arpillera, ¿cuántos desaparecidos hay?

   a. novecientos   **b.** noventa mil   **c.** noventa

2. ¿De qué es el mapa en la pared?

   a. España   **b.** Sudamérica   **c.** India

Copyright © Houghton Mifflin Company. All rights reserved.

3. ¿En qué edificio parece que están las mujeres?

   a. en una iglesia   **b.** en un palacio   **c.** en un banco

4. ¿Cuántas personas hay en la arpillera?

   a. cinco   **b.** trece   **c.** veinte

5. ¿Qué más hay en las paredes?

   a. fotos   **b.** plantas   **c.** una cruz

Literatura

Actividad 12: Rubén Darío. Lee este trozo del poema del nicaragüense Rubén Darío (1867–1916). Dedica su poema a Roosevelt, el presidente de los Estados Unidos en los años 1901 a 1909. Basándote en las estrofas, contesta las preguntas poniendo un círculo alrededor de la respuesta correcta.

A Roosevelt
por Rubén Darío

¡Es con voz de la Biblia, o verso de Walt Whitman,
que habría que llegar hasta ti, Cazador (*hunter*)!
Primitivo y moderno, sencillo y complicado,
con un algo de Washington y cuatro de Nemrod.
Eres los Estados Unidos,
eres el futuro invasor
de la América ingenua que tiene sangre indígena,
que aún reza a Jesucristo y aún habla en español.

1. ¿Qué libro religioso menciona el poema?

   a. el himno   **b.** la Biblia   **c.** Nemrod

2. ¿A qué distinguido poeta estadounidense se refiere Darío?

   a. Washington   **b.** Whitman   **c.** Cazador

3. ¿Qué va a ser el papel de los Estados Unidos en el futuro?

   a. defensor   **b.** invasor   **c.** donador

4. ¿Qué sangre tiene la América ingenua?

   a. indígena   **b.** extranjera   **c.** norteamericana

5. ¿A qué idioma se refiere el poema?

   a. al indígena   **b.** al español   **c.** al inglés

 Copyright © Houghton Mifflin Company. All rights reserved.

Redacción

Actividad 13: Ensayo: Un reportaje periodístico.   Te han llamado para hacer un reportaje para el periódico de tu universidad sobre un tema social en esta institución. Escoge un tema para tu reportaje aquí.

Primero, inventa un titular interesante: _____

Segundo, apunta fuentes de información en tu universidad:

_____

_____

Tercero, organiza el reportaje:

Primer párrafo: Introducción y descripción del problema:

_____

_____

_____

Segundo párrafo: Detalles: datos, opiniones:

_____

_____

_____

_____

Tercer párrafo: Conclusión: soluciones para el problema:

_____

_____

Copyright © Houghton Mifflin Company. All rights reserved.

AUTOPRUEBAS

Capítulo 1

PASATIEMPOS
Y DEPORTES

Actividad 1: *Definiciones*. Escribe la/s palabra/s que corresponda/n a cada definición.

1. _____ En los Estados Unidos, es una carrera de generalmente veintiséis millas.

2. _____ Para este deporte, las personas suben a las montañas.

3. _____ Durante estos juegos los jugadores usan una pelota grande.

4. _____ Esta diversión electrónica es muy popular con los niños.

5. _____ Es un pasatiempo entre dos oponentes en el que se usan damas y dados.

Actividad 2: *Observaciones*. Es bueno saber algunas observaciones sobre los deportes. Escribe la forma correcta de **ser** o **estar** en el tiempo presente, según el contexto.

1. Generalmente los espectadores de fútbol en Latinoamérica y España _____ en el

   estadio desde temprano, antes del partido.

2. El baloncesto y el béisbol _____ muy populares entre los estudiantes.

3. La lucha libre _____ un deporte practicado mucho en México.

4. Los patinadores _____ cansados después de practicar.

5. Los deportes extremos _____ para los atletas muy fuertes.

6. Las competencias de ciclismo _____ siempre muy emocionantes.

Actividad 3: *Entrenamiento*. Un grupo de estudiantes practica deportes con frecuencia. Completa sus comentarios con la forma correcta del tiempo presente del verbo entre paréntesis.

1. Jorge no _____ (**tener**) ganas de practicar vólibol hoy.

2. Antes de correr, mis amigos y yo _____ (**hacer**) ejercicio.

3. Yo _____ (**ir**) a jugar un partido de tenis de mesa.

4. El entrenador le _____ (**dar**) el uniforme a cada jugador.

5. El equipo de la otra universidad _____ (**venir**) temprano para practicar.

Copyright © Houghton Mifflin Company. All rights reserved.

Actividad 4: _Sueño deportivo._ En este texto, Julián describe sus planes para llegar a ser un gran deportista. Completa el texto con la forma correcta de un verbo de la lista, según el contexto. Usa cada verbo solamente una vez.

perder	soñar	hacer	seguir
dormir	competir	corregir	repetir

1. Yo _____ con ser un gran deportista.

2. Por esa razón, _____ un régimen de ejercicios diarios muy estricto.

3. Primero, _____ mucho todas las noches.

4. Por las mañanas _____ gimnasia durante una hora.

5. Mi entrenador siempre me _____ todos los errores, por eso, yo casi nunca _____ los partidos de tenis.

6. A veces tengo que _____ todos los ejercicios varias veces.

7. Generalmente _____ en los campeonatos más importantes del país.

Actividad 5: _Deportes y deportistas._ Estas personas realizan diversas actividades. Escribe la forma reflexiva o no reflexiva del verbo en el tiempo presente para completar las oraciones.

1. acostar/se

   a. Mariela _____ después de practicar varios pasos de baile.

   b. Cuando Patricia _____ a los niños, ella mira deportes en televisión.

2. llevar/se

   a. Ricardo _____ su propio guante cuando juega al béisbol.

   b. Yo _____ muy bien con todas mis amigas.

3. quitar/se

   a. Los trabajadores _____ las basuras del estadio.

   b. Generalmente, nosotros _____ el uniforme después de jugar.

4. dormir/se

   a. Usualmente, los atletas _____ bastante todas las noches.

   b. Cuando me acuesto, siempre _____ inmediatamente.

5. ir/se

   a. Los domingos mis amigos y yo _____ a ver los partidos en el estadio.

   b. Los espectadores _____ del estadio cuando termina el partido.

Note to Student: Refer back to the _Vocabulario_ terms and _Lengua_ sections of this chapter in your textbook to review and practice important vocabulary and structures.

  Copyright © Houghton Mifflin Company. All rights reserved.

Capítulo 2 | P U E B L O S Y C U L T U R A S

Actividad 1: *Definiciones.* Escribe la/s palabra/s que corresponda/n a cada definición.

1. _____ Una persona que sale de un país para entrar a otro.

2. _____ La policía que trabaja en la frontera entre dos países.

3. _____ El lugar de nacimiento de un hombre o de una mujer.

4. _____ Caracteriza el estado económico de las personas que no tienen

bastante dinero para vivir una vida decente.

5. _____ La condición de tener que vivir en otro país por razones políticas.

Actividad 2: *La familia de Pablo.* Escribe la forma correcta del pretérito del verbo indicado.

Pablo _____ (**1. decidir**) emigrar a los Estados Unidos cuando tenía

veinticinco años. En 1976, él _____ (**2. salir**) de Chile por razones

políticas. Él _____ (**3. hacer**) el viaje primero a Miami. Entonces, él

_____ (**4. tomar**) otro avión y _____ (**5. volar**) a Nueva

York donde sus tíos lo _____ (**6. recoger**) en el aeropuerto. Ellos lo

_____ (**7. llevar**) a su casa donde Pablo _____ (**8. pasar**)

algunos meses hasta que él _____ (**9. conseguir**) un buen trabajo. Pablo

_____ (**10. ahorrar**) bastante dinero para traer al resto de la familia a su nuevo

país. Por lo tanto, sus padres y su hermana Isabel también _____ (**11. dejar**)

todo en su país sudamericano de nacimiento. Contentos de estar juntos otra vez, Pablo y sus

familiares _____ (**12. reunirse**) en Nueva York, la "Gran Manzana".

Actividad 3: *Los inmigrantes.* Escribe la forma correcta del imperfecto del verbo indicado.

1. En los años sesenta, no _____ (**ser**) fácil emigrar de una nación a otra; todavía

es difícil.

2. En su país de origen, los hispanos _____ (**estar**) acostumbrados a sus propias

tradiciones.

Copyright © Houghton Mifflin Company. All rights reserved.

3. Al llegar a los Estados Unidos, los emigrantes _____ (**verse**) obligados a aprender otro idoma.

4. También, los hispanos _____ (**tener**) que comer diferentes comidas. Unos grupos de inmigrantes vinieron a los Estados Unidos porque ellos _____ (**sufrir**) problemas económicos.

5. Con frecuencia, en ciertos países hispanos, _____ (**haber**) oficiales del gobierno con ideas políticas diferentes de las de los emigrantes.

Actividad 4: *La población hispana.* En el año 2001, el gobierno de los Estados Unidos publicó información sobre la población hispana del país. Cambia los verbos del tiempo presente al pretérito o al imperfecto.

El Censo de 1970 _____ (**1. es**) el primero en incluir una pregunta separada específicamente sobre el origen hispano. El término "latino" _____ (**2. aparece**) en el cuestionario del censo por primera vez en el año 2000 en que las personas de origen español/hispano/latino _____ (**3. pueden**) identificarse como mexicanas, puertorriqueñas, cubanas, o como de otro grupo español/hispano/latino. El aumento de la población _____ (**4. varía**) por grupo. La población latina _____ (**5. aumenta**) en más de un 50% desde 1990. En el 2000, la mitad de todos los latinos _____ (**6. vive**) en sólo dos estados: California y Tejas. Los salvadoreños _____ (**7. constituyen**) el mayor grupo centroamericano. La juventud relativa de la población latina _____ (**8. se refleja**) en su edad promedio. Específicamente el 25,7% de la población estadounidense no latina _____ (**9. tiene**) menos de dieciocho años en el 2000, mientras que 35% de los hispanos _____ (**10. cumple**) menos de dieciocho años. El Censo _____ (**11. publica**) esta información como parte de una serie que _____ (**12. analiza**) los datos del censo del 2000.

Note to Student: Refer back to the *Vocabulario* terms and *Lengua* sections of this chapter in your textbook to review and practice important vocabulary and structures.

 Copyright © Houghton Mifflin Company. All rights reserved.

Capítulo 3

FAMILIA

Y AMISTAD

Actividad 1: _Definiciones_.   Escribe la/s palabra/s que corresponda/n a cada definición.

1. _____ Durante este período los novios hacen planes para casarse porque

se quieren mucho.

2. _____ Ocurre cuando un marido o una esposa rompe el contrato

matrimonial.

3. _____ Es un hombre cuya esposa ya no vive.

4. _____ Le importa a esta persona ser sincera y leal; inspira confianza.

5. _____ En esta ceremonia especial, dos personas prometen amarse durante

toda la vida.

Actividad 2: _Celebraciones_.   Reemplaza las palabras subrayadas con pronombres indirectos y/o directos, haciendo todos los cambios necesarios.

> **Ejemplo:**   Enrique _le_ dio una _fiesta de cumpleaños_ a su hijo, Mauricio.
> _Se la dio._

1. Los Fernández organizan muchas _reuniones_ familiares.

_____

2. Paulina compró un _vestido_ elegante de boda para su _hija_.

_____

3. Maricarmen y Teresa celebran su _quinceañera_ este domingo.

_____

4. ¿Invitaste a _Pepita y Pedro_ a la primera comunión de Zoila?

_____

5. En la recepción, _les_ sirven una _comida_ deliciosa _a los invitados_.

_____

6. En la fiesta de cumpleaños, mi abuelo _me_ regaló un _coche_.

_____

Copyright © Houghton Mifflin Company. All rights reserved.

Actividad 3: *Preferencias*. Escribe la forma correcta de los verbos entre paréntesis.

Usa el presente o el pretérito, según el contexto.

1. Generalmente, ¿qué te _____ (**gustar**) menos, ir a un casamiento o a una

    ceremonia de graduación?

2. ¿A Fausto le _____ (**interesar**) dar una fiesta de sorpresa para el cumpleaños de

    su novia la semana que viene?

3. Ayer, conocí a Melinda en la boda de mi hermana, Isabel. Ella me _____ (**caer**)

    muy bien.

4. El viernes pasado, celebramos mi graduación en el nuevo restaurante boliviano. Nos

    _____ (**encantar**) la comida.

5. A mis tíos Manolo y Puchi les _____ (**importar**) viajar a los países hispánicos

    con sus hijos el próximo año.

Actividad 4: *Comparaciones*. Completa cada idea con la comparación adecuada.

1. Ciento ochenta invitados asistieron a mi boda. Cien invitados fueron a la boda de mi hermano. Su

    boda fue _____ _____ que la mía.

2. Los conciertos me divierten mucho y las celebraciones universitarias me encantan también. Así que

    me gustan los conciertos _____ _____ las celebraciones

    universitarias.

3. Para la fiesta de aniversario de bodas de nuestros padres el mes pasado, todas las bandas tocaron

    bien. Pero la primera banda recibió más aplausos que cualquier otra y fue

    _____ _____ banda de la noche.

Note to Student: Refer back to the *Vocabulario* and *Lengua* sections of this chapter in your textbook to review and practice important vocabulary terms and structures.

 Copyright © Houghton Mifflin Company. All rights reserved.

Capítulo 4 | CANTOS Y BAILES

Actividad 1: *Definiciones*.   Escribe la/s palabra/s que corresponda/n a cada definición.

1. _____ Es un grupo de personas que cantan juntas.

2. _____ Esta persona dirige a los músicos de la orquesta sinfónica durante

un concierto.

3. _____ Este instrumento de percusión es muy ruidoso.

4. _____ Tiene letra y notas musicales; expresa ideas y sentimientos.

5. _____ Es un grupo que toca instrumentos y a veces canta.

Actividad 2: *¿De dónde son los ritmos?*   Escribe la letra de la palabra de la Columna B que asocies con la palabra de la Columna A.

A: los ritmos

_____ 1. el son

_____ 2. la cumbia

_____ 3. el jazz

_____ 4. la samba

_____ 5. el merengue

B: los países de origen

a. Colombia
b. República Dominicana
c. Estados Unidos
d. Cuba
e. Brasil

Actividad 3: *Música para la familia*.   Es el cumpleaños de Ester, pero los miembros de su familia quieren música de diferentes intérpretes y estilos. ¿Qué va a recibir? Escribe la forma correcta del presente de subjuntivo.

1. Quiero que mi novio me _____ (**regalar**) algunos discos compactos para mi

cumpleaños.

2. Él prefiere que yo lo _____ (**acompañar**) a la tienda para seleccionarlos.

3. Mi hermana me dice que yo _____ (**conseguir**) para la familia el nuevo CD de

Amaury Gutiérrez, el que tiene la canción "Yo soy".

4. Mi papá sugiere que yo _____ (**seleccionar**) los últimos discos de Celia Cruz,

quien le encanta.

Copyright © Houghton Mifflin Company. All rights reserved.

5. Mamá insiste en que nosotros _____ (**comprar**) un nuevo tocadiscos. Le fascina la ópera y acaba de comprar un CD de Plácido Domingo.

6. ¡Mi pobre novio! Espero que él _____ (**tener**) paciencia con nosotros.

Actividad 4: *Adjetivos demostrativos.* Escribe la/s forma/s correcta/s de los adjetivos demostrativos, según el modelo de la primera expresión.

1. este baile:

   a. _____ orquesta   b. _____ discos compactos

2. esa grabación:

   a. _____ instrumentos   b. _____ ópera

3. aquel mariachi:

   a. _____ guitarra   b. _____ tambores

Actividad 5: *Pronombres demostrativos.* Escribe la/s forma/s correcta/s de los pronombres demostrativos, según el modelo de la primera expresión.

   Ejemplo: estos trombones
               éstos

1. este espectáculo _____   3. aquella intérprete _____

2. esas castañuelas _____   4. estas congas _____

Note to Student: Refer back to the *Vocabulario* terms and *Lengua* sections of this chapter in your textbook to review and practice important vocabulary and structures.

          Copyright © Houghton Mifflin Company. All rights reserved.

Capítulo 5

SABORES

Y COLORES

Actividad 1: *Definiciones.* Escribe la/s palabra/s que corresponda/n a cada definición.

1. _____ Este plato nutritivo puede incluir lechuga, tomates, cebolla,

   aceitunas y aguacate.

2. _____ Algo muy frío que se prepara con leche o crema y que viene de

   diferentes sabores: de vainilla o de chocolate, por ejemplo.

3. _____ Este alimento se hace de tomates, cebollas, chile y cilantro;

   generalmente es picante.

4. _____ Es algo que se come antes de la comida principal.

5. _____ Nos da instrucciones para cocinar cualquier comida, plato o postre.

Actividad 2: *Mandatos.* Éstas son las instrucciones para la preparación de una sopa de pollo mexicana. Escribe la forma correcta del mandato formal (de **usted**) de los verbos entre paréntesis. Haz los otros cambios necesarios.

1. _____ (**Poner**) seis tazas de agua y las especias en la olla.

2. _____ (**Calentar**) el aceite de oliva en una sartén y

3. _____ (**freír**) una cebolla picada y dos dientes de ajo.

4. _____ (**Agregar**) los trozos de pollo en la sartén y

5. _____ (**dorarlos**).

6. _____ (**Añadir**) el pollo y la cebolla.

7. _____ (**Cocinar**) la sopa por cuarenta y cinco minutos a fuego lento.

8. _____ (**Servirla**) con fideos y limón.

Actividad 3: *Los preparativos.* Tú y tu compañero/a de cuarto van a tener una cena esta noche. Tu compañero/a tiene más tiempo que tú, entonces le dejas una lista de preparativos que hacer para la cena. Completa las instrucciones con mandatos familiares (de **tú**).

1. _____ (**Ir**) al supermercado para comprar las fresas frescas.

2. _____ (**Lavar**) los frijoles y el arroz.

3. _____ (**Picar**) las cebollas.

4. No _____ (**poner**) el pavo en el horno a la una de la tarde.

5. _____ (**Acordarse**) de agregar un poco de agua al pollo.

6. No _____ (**hacer**) demasiados aperitivos.

7. No _____ (**preparar**) la ensalada todavía. Yo la hago al llegar a casa.

8. No _____ (**beber**) el vino. ¡Es para la cena!

Actividad 4: *Ideas contrarias.* Tu hermana menor siempre quiere rebelarse contra tus consejos. Escribe las ideas opuestas a estos consejos. Usa expresiones negativas y afirmativas y haz los otros cambios necesarios.

1. Siempre debemos cenar a las seis.

_____

2. ¡No debes comer nada ahora!

_____

3. Hoy puedes comer o fruta o helado.

_____

4. Necesitamos algunos alimentos nutritivos.

_____

5. Alguien tiene que lavar los platos después de cenar.

_____

Actividad 5: *Cena con amigos.* Con tu hermano Horacio, estás planeando una cena para amigos. Completa la conversación con **pero, sino** o **sino que**.

—Voy a cocinar una cena especial para esta noche, (**1.**) _____ algunos de

nuestros amigos tienen preferencias especiales de comida, particularmente Amalia.

—¿Qué pensabas servir, hermana?

—Pensaba preparar un pollo al horno, (**2.**) _____ Amalia es vegetariana.

—No debes servir toda una cena vegetariana, (**3.**) _____ algunos platos

que Amalia pueda comer también.

—Entonces no voy a cocinar solamente platos vegetarianos, (**4.**) _____ voy

a preparar un plato con tofú, unas verduras y una ensalada, además del pollo.

—¡Exacto! No me gusta el tofú, (**5.**) _____ te ayudo a prepararlo.

Note to Student: Refer back to the *Vocabulario* terms and *Lengua* sections of this chapter in your textbook to review and practice important vocabulary and structures.

Copyright © Houghton Mifflin Company. All rights reserved.

Capítulo 6 | EL MEDIO AMBIENTE Y LA ECOLOGÍA

Actividad 1: *Definiciones*.   Escribe la/s palabra/s que corresponda/n a cada definición.

1. _____ Cuando hay demasiadas personas en un país.

2. _____ Se compone de muchos árboles.

3. _____ Ocurre cuando ya no hay más animales de una especie en

particular.

4. _____ Lo contrario del silencio.

5. _____ Es lo que sale de los coches y puede contaminar el aire.

Actividad 2: *Es nuestro planeta*.   Escribe la forma correcta del futuro de los verbos entre paréntesis.

1. Seguramente nosotros _____ (**vivir**) en nuestro planeta para siempre.

2. Solamente hay una Madre Tierra y no _____ (**haber**) otra en el futuro.

3. En ella _____ (**tener**) que vivir nosotros, los habitantes.

4. En la Tierra también _____ (**vivir**) nuestros hijos y sus hijos.

5. Por esta razón, _____ (**cuidar**) nuestro planeta como cuidamos nuestra propia

casa.

6. Si lo hacemos bien, nuestro hermoso planeta nos _____ (**dar**) lo necesario para

nuestra subsistencia.

7. Así, también, las generaciones futuras _____ (**disfrutar**) de un hogar en armonía

con la naturaleza.

Actividad 3: *Noticias ambientales*.   Ayer escuchaste las noticias sobre el medio ambiente. Cambia los verbos subrayados al pretérito y al condicional, según el ejemplo.

> **Ejemplo:**   El noticiero <u>informa</u> que el gobierno <u>tomará</u> medidas a favor de la protección de los árboles.
>
> El noticiero *<u>informó</u>* que el gobierno *<u>tomaría</u>* medidas a favor de la protección de los árboles.

1. Los reporteros <u>dicen</u> que este año, las industrias <u>cortarán</u> más de mil millones de árboles para la

fabricación de pañales desechables. _____ _____

Copyright © Houghton Mifflin Company. All rights reserved.

2. Los médicos <u>informan</u> que la contaminación ambiental <u>causará</u> un aumento de alergias y

   enfermedades pulmonares. _____ _____

3. Los científicos <u>afirman</u> que pronto <u>descubrirán</u> el secreto de los genes humanos.

   _____ _____

4. El noticiero <u>anuncia</u> que las radiaciones ultravioletas <u>aumentarán</u> por la falta de ozono en la

   atmósfera. _____ _____

5. Todos <u>dicen</u> que no <u>debemos</u> usar electrodomésticos innecesarios. _____

   _____

6. El gobierno estadounidense <u>indica</u> que no <u>construirá</u> más centrales nucleares.

   _____ _____

Actividad 4: *Cosas pequeñas.* Escribe los diminutivos de estas palabras. Escoge entre las siguientes posibilidades: -ito/-ita, -cito/-cita según convenga.

1. agua _____

2. bosque _____

3. cartón _____

4. árbol _____

5. pájaro _____

Actividad 5: *Cosas grandes.* Escribe los aumentativos de estas palabras. Elige entre las siguientes posibilidades: -ón/-ona, ote-/-ota según convenga.

1. taza _____

2. botella _____

3. ruido _____

4. casa _____

5. peligro _____

Note to Student: Refer back to the *Vocabulario* and *Lengua* sections of this chapter in your textbook to review and practice important vocabulary terms and structures.

   Copyright © Houghton Mifflin Company. All rights reserved.

Capítulo 7

PASADO
Y PRESENTE

Actividad 1: *Definiciones*. Escribe la/s palabra/s que corresponda/n a cada definición.

1. _____ Un hombre o una mujer que atiende a los enfermos con

tratamientos tradicionales en lugar de medicina moderna.

2. _____ Alguien que estudia las estrellas y los planetas.

3. _____ Trabajar las tierras fértiles para producir frutas y vegetales, por

ejemplo.

4. _____ El punto más alto de una montaña.

5. _____ El resultado positivo de un esfuerzo o de mucho trabajo.

Actividad 2: *Hoy y ayer*. Completa las oraciones con **estar** + *gerundio* en el presente y el imperfecto, según el ejemplo.

Ejemplo: Margarita / estudiar

Margarita *está estudiando* hoy. Ayer ella no *estaba estudiando*.

1. los arqueólogos / excavar en el Perú

_____

Ayer _____

2. yo / leer sobre los mayas

_____

Ayer _____

3. José María / clasificar objetos precolombinos

_____

Ayer _____

4. tú / construir un modelo de Tenochtitlán

_____

Ayer _____

Copyright © Houghton Mifflin Company. All rights reserved.

5. nosotros / analizar códices antiguos

_____

Ayer _____

Actividad 3: _Pasado y presente_.   Escribe la forma correcta de las preposiciones.

1. Antes, los enfermos consultaban frecuentemente _____ el curandero.

2. _____ los códices, hay mucha información cultural _____ importancia.

3. Plantamos las semillas _____ la tierra.

4. Subí _____ la pirámide _____ veinte estudiantes de arqueología.

5. Los antropólogos nos informan que los yanomamos viven _____ el sur de Venezuela y

_____ el norte _____ Brasil.

Actividad 4: _Civilizaciones de las Américas_.   Contesta las preguntas con la forma correcta de los tiempos perfectos, según el ejemplo. Presta atención a los complementos directos.

Ejemplo: ¿Has terminado la lección sobre los aztecas?
No, todavía yo no he terminado la lección, pero para mañana la habré terminado.

1. ¿Han traducido ustedes los códices al español?

_____

_____

2. ¿Has empezado tu curso sobre la civilización de los aztecas?

_____

_____

3. ¿Ha hecho tu profesora los planes para el viaje a Machu Picchu?

_____

_____

4. ¿Han entrenado las arqueólogas a los estudiantes graduados en métodos de excavación?

_____

_____

5. ¿Has escrito tu trabajo sobre los mayas?

_____

_____

Note to Student: Refer back to the _Vocabulario_ and _Lengua_ sections of this chapter in your textbook to review and practice important vocabulary terms and structures.

   Copyright © Houghton Mifflin Company. All rights reserved.

Capítulo 8

NEGOCIOS Y FINANZAS

Actividad 1: *Definiciones*.   Escribe la/s palabra/s que corresponda/n a cada definición.

1. _____ Es la compensación financiera que recibimos por trabajar.

2. _____ Cuando uno quiere buscar un trabajo, lee esta sección del periódico.

3. _____ La acción de dejar un trabajo.

4. _____ Otro término para una compañía como IBM o Microsoft.

5. _____ La condición que existe cuando las personas están sin trabajo.

Actividad 2: *Escándalo económico*.   Escribe la forma apropiada del imperfecto de subjuntivo.

1. Fue difícil que en los años recientes _____ (**haber**) tanta inseguridad económica en el mundo.

2. Esta condición causó que algunas empresas enormes _____ (**despedir**) a muchos empleados.

3. Nos molestaba que tantos trabajadores y gerentes _____ (**quedarse**) sin empleos y que sus familias _____ (**sufrir**) por mucho tiempo.

4. Enfureció al público que unos oficiales de ciertas compañías grandes _____ (**ser**) corruptos y que muchos trabajadores _____ (**perder**) sus pensiones.

5. También, los estudiantes universitarios se preocupaban que, al graduarse, _____ (**tener**) tanta dificultad en encontrar trabajo.

6. El pueblo estadounidense demandó que el gobierno _____ (**tomar**) acción y que _____ (**pasar**) nuevas leyes para corregir este problema económico y ético.

Actividad 3: *Carreras*.   Escribe la forma correcta del artículo definido, si es necesario.

1. Una carrera interesante es _____ contabilidad. Otra es _____ mercadeo.

2. En _____ Uruguay, si eres _____ médica, ¿cuánto dinero puedes ganar al año?

3. Para cualquier trabajo, _____ computadoras son esenciales.

Copyright © Houghton Mifflin Company. All rights reserved.

4. En _____ Estados Unidos, _____ estudios revelan que a las personas que usan la computadora por muchas horas al día, les duelen _____ manos.

5. Si una persona sabe varios idiomas, como _____ español, _____ francés o _____ portugués, con frecuencia, esto le da más posibilidades de conseguir trabajo.

Actividad 4: _En el trabajo_. Escribe la letra de la forma adecuada del presente perfecto o pasado perfecto de subjuntivo.

_____ 1. Es una lástima que _____ la computadora.

      a. se ha descompuesto   **b.** se haya descompuesto

_____ 2. Yo había esperado que el dueño de la compañía nos _____ nuevas máquinas.

      a. hubiera comprado   **b.** había comprado

_____ 3. No le gustó al webjefe que un virus _____ el servidor.

      a. ha invadido   **b.** hubiera invadido

_____ 4. La fuerza de trabajo está desilusionada de que algunos empleados _____ trabajar solamente tiempo parcial, debido a los problemas económicos.

      a. hayan podido   **b.** han podido

_____ 5. Habíamos temido que la publicidad para el nuevo negocio no _____ a tiempo.

      a. hubiera salido   **b.** había salido

Note to Student: Refer back to the _Vocabulario_ and _Lengua_ sections of this chapter in your textbook to review and practice important vocabulary terms and structures.

Copyright © Houghton Mifflin Company. All rights reserved.

Capítulo 9

SALUD

Y BIENESTAR

Actividad 1: *Definiciones*. Escribe la palabra que corresponda a cada definición.

1. _____ Un dolor de cabeza muy fuerte.

2. _____ En el hospital, se le da a la persona que no puede respirar bien.

3. _____ Esta enfermedad se puede adquirir por medio de compartir agujas o por tener relaciones sexuales.

4. _____ La voz puede sonar así cuando alguien tiene la garganta muy irritada.

5. _____ La condición de una persona que está demasiado triste por mucho tiempo.

Actividad 2: *Hoy por mí, mañana por ti*. Escribe la forma adecuada de **por** o **para**.

Pati y Toni son una pareja contemporánea. Cuando se casaron hace trece años, prometieron amarse (**1.**) _____ siempre y vivir una vida saludable. Pati haría cualquier cosa (**2.**) _____ él. Él daría su vida (**3.**) _____ ella. Todas las mañanas, (**4.**) _____ ejemplo, él le prepara un desayuno de café con leche, más cereal con frutas (**5.**) _____ su esposa mientras ella hace ejercicios (**6.**) _____ mantener su cuerpo saludable. Entonces, Toni sale a correr (**7.**) _____ media hora, mientras Pati hace sándwiches y ensalada (**8.**) _____ llevar al trabajo. Él trabaja (**9.**) _____ una compañía que vende equipo deportivo, y ella trabaja como psiquiatra, un puesto que ha tenido (**10.**) _____ diez años. (**11.**) _____ las vacaciones este año, la pareja va (**12.**) _____ un mes a pasear (**13.**) _____ las selvas de Venezuela. Les encanta explorar la naturaleza. Están muy contentos.

Copyright © Houghton Mifflin Company. All rights reserved.

Actividad 3: _Cuerpo y mente_.   Escribe la forma adecuada del pasado de los verbos. Sigue el ejemplo.

Ejemplo: a. Si quiero dejar de fumar, participaré en un programa para adictos.

b. Si _quisiera_ dejar de fumar, _participaría_ en un programa para adictos.

c. Si _hubiera querido_ dejar de fumar, _habría participado_ en un programa para adictos.

1. a.   Si mis padres quieren estar saludables, van al gimnasio todos los días.

   b. _____   _____

   c. _____   _____

2. a.   ¿Habrá menos casos del SIDA, si educamos mejor a los jóvenes?

   b. _____   _____

   c. _____   _____

3. a.   Si mi gato se me muere de cáncer, no puedo reemplazarlo.

   b. _____   _____

   c. _____   _____

4. a.   Si tu compañero de cuarto está deprimido, ¿qué haces para ayudarle?

   b. _____   _____

   c. _____   _____

5. a.   Estaremos menos cansados, si corremos o andamos más.

   b. _____   _____   _____

   c. _____   _____   _____

Actividad 4: _Momentos universitarios_.   Escribe la forma correcta del subjuntivo o indicativo de los verbos entre paréntesis, según el contexto.

1. En cuanto _____ (**terminar**) mis ejercicios de yoga y _____

   (**cenar**) hoy, voy a escribir mi reportaje para la clase de biología.

2. Cuando el equipo de esgrima _____ (**ganar**) ayer por la tarde, gritamos mucho.

3. A menos que nuestro equipo de natación _____ (**perder**) su competencia este fin

   de semana, habrá fiesta.

4. El mes que viene, antes que mi compañera de cuarto _____ (**correr**) en el

   maratón, ella tendrá que comer pasta y también descansar mucho la noche anterior.

5. El año pasado, aunque nuestro querido entrenador _____ (**levantar**) pesas y

   _____ (**limitar**) el consumo de grasa, tuvo un enfarto grave.

Note to Student: Refer back to the _Vocabulario_ and _Lengua_ sections of this chapter in your textbook to review and practice important vocabulary terms and structures.

   Copyright © Houghton Mifflin Company. All rights reserved.

Capítulo 10

CREENCIAS
Y TRADICIONES

Actividad 1: *Definiciones*.   Escribe la palabra que corresponda a cada definición.

1. _____ Ciertos creyentes piensan que si no van al cielo después de la

muerte, van a este lugar que es lo contrario.

2. _____ Es la ropa especial que alguna gente se pone para celebrar el 31 de

octubre en los Estados Unidos.

3. _____ La acción de meterle al muerto en la tumba dentro de la tierra.

4. _____ Un sueño desagradable que nos da muchísimo miedo.

5. _____ A éste se considera lo contrario de un ángel.

Actividad 2: *Tradiciones culturales*.   Escribe la forma correcta de los verbos entre paréntesis. Presta atención a la secuencia de los tiempos verbales.

1. Es bueno que los historiadores _____ (**saber**) nuevos datos sobre la religión de

los incas y que los _____ (**publicar**) en las revistas profesionales.

2. Quiero que mi profesor de arte _____ (**mostrar**) imágenes de los códices mayas

y que nos _____ (**enseñar**) a leerlos.

3. El año pasado nos impresionó que tantas personas _____ (**creer**) en la santería

y que _____ (**reunirse**) con los santeros de su pueblo.

4. Me ha encantado que los estudiantes hoy en día _____ (**estudiar**) más con

respecto a las creencias latinoamericanas y que _____ (**hablar**) sobre ellas.

5. Yo buscaba un documental que _____ (**dar**) información sobre la vida de la

Virgen de Guadalupe y que la _____ (**representar**) con imágenes de diferentes

países hispanos.

Copyright © Houghton Mifflin Company. All rights reserved.

Actividad 3: *Conexiones y culturas.* Conecta las oraciones, usando los siguientes pronombres relativos.

| que | quien/es | el/la que | el/la/los/las cuales | cuyo/a |

1. Mi amigo, Rubén, va a celebrar Hanukah. Es una tradición religiosa judía.

   _____

2. Moctezuma fue asesinado. Fue el líder de los aztecas.

   _____

3. La santería es una religión africana. El pueblo yoruba cree en ella.

   _____

4. Mi prima asiste a una iglesia católica. Está en la Calle San Miguel.

   _____

5. Vamos a participar en una ceremonia religiosa musulmana. Se llama Ramadán.

   _____

6. Los incas tenían una civilización muy avanzada. Su ciudad principal, Machu Picchu, es impresionante.

   _____

Actividad 4: *Entre familia.* Tito causa un escándalo en la iglesia. Para saber lo que hizo el chico de cuatro años, pon la letra de las frases de la Columna **B** que que completen las ideas de la Columna **A**.

A

_____ 1. Manejando, yo

_____ 2. Nosotros empezamos a rezar,

_____ 3. Tito, mi primito, llamó la atención

_____ 4. Sin embargo, mi tía Conchita

_____ 5. Pero Tito, también, continuó

_____ 6. Finalmente, mi tía logró

_____ 7. ¡Qué experiencia!... Ver

B

a. haciendo ruidos y haciendo enojar a otras familias.

b. calmarlo con dulces.

c. llevé a la familia a la iglesia.

d. es creer.

e. llorando mucho.

f. siguió rezando.

g. al aparecer el cura en el altar.

Note to Student: Refer back to the *Vocabulario* and *Lengua* sections of this chapter in your textbook to review and practice important vocabulary terms and structures.

 Copyright © Houghton Mifflin Company. All rights reserved.

Capítulo 11

ARTE
Y LITERATURA

Actividad 1: *Definiciones*. Escribe la/s palabra/s que corresponda/n a cada definición.

1. _____ Alguien que escribe evaluaciones de literatura y que hace
recomendaciones al público con respecto a su valor.

2. _____ En esta clase de pintura, con frecuencia aparecen frutas, pan, vino o
flores encima de una mesa; generalmente no hay personas ni acciones representadas.

3. _____ Esta obra es el resultado de un/a autor/a que cuenta la historia de
su propia vida.

4. _____ En una pintura, el artista a veces incorpora lo opuesto de la luz.
¿Qué es?

5. _____ Ésta es la máxima creación de un artista, un escritor o un músico.

Actividad 2: *El pasar del tiempo*. Contesta las preguntas, usando la forma correcta de **hacer** + *la expresión temporal* entre paréntesis.

1. ¿Cuánto tiempo hace que vas al teatro para ver un drama? (dos meses)

_____

2. ¿Cuánto tiempo hacía que cantaba Santana cuando recibió su primer premio? (un año)

_____

3. ¿Cuánto tiempo hace que fuiste con tus amigas al cine? (una semana)

_____

4. ¿Cuánto tiempo hace que tomas cursos de arte centroamericano? (dos semestres)

_____

5. ¿Cuánto tiempo hace que tú viste *Hable con ella* de Pedro Almodóvar? (un mes)

_____

Copyright © Houghton Mifflin Company. All rights reserved.

Actividad 3: *Acciones inesperadas*. Completa cada oración para indicar lo que se le/s pasó a la/s persona/s.

1. A mí _____ _____ _____ (**caer**) ayer las nuevas esculturas.

2. A nosotros _____ _____ _____ (**ocurrir**) una idea genial para una exposición de arte centroamericano.

3. La semana pasada, a Leonidas _____ _____ _____ (**romper**) los creyones.

4. A mis compañeras de apartamento _____ _____ _____ (**olvidar**) estudiar para el examen de cine cubano.

5. El otro día, a Pepito _____ _____ _____ (**perder**) el último libro de Esteban Rey.

Note to Student: Refer back to the *Vocabulario* and *Lengua* sections of this chapter in your textbook to review and practice important vocabulary terms and structures.

  Copyright © Houghton Mifflin Company. All rights reserved.

Capítulo 12 | SOCIEDAD Y POLÍTICA

Actividad 1: *Definiciones*.   Escribe la/s palabra/s que corresponda/n a cada definición.

1. _____ Un estado político en el cual no hay derechos humanos; la gente

   vive bajo censura y sin libertad de expresión.

2. _____ Esta condición existe cuando una persona abusa a su pareja.

3. _____ Con este mecanismo, se eligen los políticos locales, regionales y

   nacionales en países democráticos.

4. _____ La producción y la venta global de sustancias adictivas ilegales en

   grandes cantidades.

5. _____ Una mujer o un hombre pagado para obtener documentos militares

   confidenciales de otro país.

Actividad 2: *Dilemas sociales*.   Completa las oraciones con la forma correcta del participio pasado usado como adjetivo.

1. El problema nacional de los secuestros de los chicos por dinero todavía no está

   _____. (**resolver**)

2. Durante nuestra vida, mis amigos y yo queremos ver a una mujer _____

   presidenta de los Estados Unidos. (**elegir**)

3. Demasiados muchachos son drogadictos. ¿Podemos solucionar este problema si los jóvenes están

   _____ (**educar**) mejor desde chiquitos?

4. Muchas sesiones de las Naciones Unidas estuvieron _____ (**abrir**) al

   público.

5. El acuerdo de paz internacional finalmente está _____. (**escribir**)

Copyright © Houghton Mifflin Company. All rights reserved.

Actividad 3: *Situaciones*. Vuelve a escribir las oraciones, usando la voz pasiva. Usa el presente, el pretérito o el imperfecto, según el contexto.

1. La policía detuvo a los criminales por violar a las jóvenes.

   _____

2. El gobierno dictatorial aterroriza al pueblo.

   _____

3. El Comité Nobel honró a la guatemalteca Rigoberta Menchú con el Premio Nobel de la Paz.

   _____

4. Los ciudadanos respetaban las leyes del estado.

   _____

5. Juanita bebió dos copas de vino en la fiesta.

   _____

Note to Student: Refer back to the *Vocabulario* and *Lengua* sections of this chapter in your textbook to review and practice important vocabulary terms and structures.

Copyright © Houghton Mifflin Company. All rights reserved.

Películas

Hablando del cine

actor, actriz *actor, actress*

actuación *acting*

artista de cine *movie actor (actress)*

cámara *camera*

cine *film, movies*

cineasta *filmmaker*

director *director*

doblaje *dubbing*

escena *scene*

espectador *spectator*

estrella *star*

filmar *to film*

guión *script*

papel *role*

pantalla *screen*

película *film*

personaje *character*

reparto *cast*

rodar *to film*

sonido *sound*

tema *theme*

toma *shot, take*

títulos de crédito *credits*

Copyright © Houghton Mifflin Company. All rights reserved.

CAPÍTULO 1

El cine. Tienes un amigo a quien le encanta ir al cine. Llena los espacios en blanco con las palabras adecuadas escogidas de la siguiente lista:

actuación	cine de humor	escena	película
artista de cine	cine político	espectador	rodar
cámara	cineasta	estrella	sonido
cine erótico	comedias musicales	filmar	suspense
cine de guerra	director	guión	tema
cine de violencia	doblaje	papel	títulos de crédito

1. No me gusta el _____ por que no me gusta ni la violencia ni ver a los ejércitos en la pantalla.

2. Me gusta mucho cuando hay buena _____ en una película. Ver buenos actores es un placer.

3. Es importante tener una buena _____ para filmar la acción.

4. Prefiero ver las películas en la lengua original y sin _____.

5. Yo prefiero el _____ porque me gusta reír.

6. También me gusta ver _____ si las canciones son buenas y el cine tiene buen sistema de sonido.

7. Siempre me quedo hasta el final de la película para ver los _____. A veces veo cosas cómicas en esta parte.

8. Si me gusta mucho una película, trato de obtener el _____ para leer el texto original.

9. Algún día me gustaría hacer el _____ de la heroína o del héroe en una película importante.

Preguntas personales:

10. Mis películas favoritas son las de _____ porque _____.

11. Dos de mis actores favoritos son _____.

12. Mi película favorita es _____ porque _____.

13. ¿Has visto alguna película en español? ¿Cuál? ¿Te gustó? ¿Por qué? _____ _____

Copyright © Houghton Mifflin Company. All rights reserved.

CAPÍTULO 2

Los hispanos en los Estados Unidos.   Hay muchas películas sobre las personas hispanohablantes en los Estados Unidos. Dos películas sobre la vida de la migración de los hispanos a los Estados Unidos se llaman *El Norte* y *No se lo tragó la tierra*. Otra película sobre una mexicanoamericana es *Selena* con Jennifer López que desempeña el papel de Selena. *Selena* es una buena biografía de la vida de la cantante que murió joven y trágicamente. Otra película es *Las mujeres verdaderas tienen curvas,* que trata de la vida de Ana, una mexicanoamericana de East Los Angeles que tiene la oportunidad de ir a estudiar en la Universidad de Columbia, en la ciudad de Nueva York.

Escribe el nombre de la/s película/s, según la información en la lectura:

1. Película/s sobre los inmigrantes: _____

2. Película/s sobre los mexicanoamericanos: _____

3. Una película sobre una estudiante: _____

4. Una película sobre una cantante: _____

5. Otras películas que conozcas sobre la vida de los hispanos en los Estados Unidos:

   _____

6. Haz un resumen de una película que hayas visto sobre la vida de los inmigrantes en los Estados Unidos. ¿Tuvieron una vida feliz o triste? ¿Por qué?

   _____

CAPÍTULO 3

¡Qué madre más cruel!   En la película, *Como agua para chocolate,* basada en la novela del mismo título y dirigida por el ex-esposo de la autora, Laura Esquivel, hay muchas tensiones familiares. Primero, la madre (Mamá Elena) queda viuda cuando su esposo muere el mismo día del nacimiento de su tercera hija. Esta hija, llamada Tita, quiere casarse con Pedro, un chico que esta muy enamorado de ella, y que le encanta a Tita, pero la madre no se lo permite porque según la tradición de la familia, la hija menor tiene la obligación de cuidar a su madre hasta que se muera. Para Pedro ésta es la tradición más ridícula del mundo y no le importa este obstáculo. Él decide casarse con Rosaura, la hermana mayor de Tita, para estar cerca de Tita. Hay muchas tensiones en esta casa y la segunda hija, Gertrudis, sale huyendo de la casa con un soldado. Con el tiempo nace el hijo de Rosaura, pero la madre decide que Pedro, Rosaura e hijo tienen que mudarse a Tejas. En este momento Tita tiene que vivir con su madre sin sus hermanas y no le gusta esta obligación. La película tiene otras complicaciones y si quieres ver cómo se soluciona este problema puedes verla o leer la novela.

Copyright © Houghton Mifflin Company. All rights reserved.

¡Qué madre más cruel!   Contesta lo siguiente, poniendo un círculo alrededor de la respuesta correcta.

1. La autora del libro *Como agua para chocolate* se llama _____ Esquivel.

   a. Gertrudis   **b.** Laura   **c.** Tita

2. Tita tiene que cuidar a su madre hasta su _____.

   a. muerte   **b.** boda   **c.** matrimonio

3. A Pedro le encantaría casarse con

   a. Mamá Elena   **b.** Tita   **c.** Rosaura

4. La hermana más feliz de esta historia debe ser _____.

   a. Rosaura   **b.** Tita   **c.** Gertrudis

5. El problema más grave para Tita es _____.

   a. la tradición familiar   **b.** la muerte de su padre   **c.** Pedro

¿Cómo termina *Como agua para chocolate?*   En unas 25 palabras, escribe un final para *Como agua para chocolate.* Si has visto la película, puedes poner el final de la película o puedes escribir algo original.

_____

_____

_____

_____

_____

_____

_____

_____

Copyright © Houghton Mifflin Company. All rights reserved.

Capítulo 4

Películas musicales. Para saber más sobre la música latina en las películas, lee la selección y contesta las preguntas.

Hay varias clases de películas que tratan del tema de la música del mundo latino. *Selena* es una película basada en la vida de una cantante mexicanoamericana trágicamente asesinada. *La Bamba* presenta la vida de Richie Valens, un cantante popular chicano que murió joven en un accidente. *Evita* es una película musical sobre la vida de la esposa de Perón, presidente de la Argentina, con Antonio Banderas y Madonna, en la cual casi todo el diálogo es cantado. Evita también murió trágicamente de cáncer. *The Mambo Kings* es sobre la música cubana en los Estados Unidos y aparecen allí músicos famosos como Celia Cruz y Tito Puente, además de Antonio Banderas de muy joven. *Buena Vista Social Club* y *Calle 54* son sobre la vida de los músicos caribeños, el primero de Cuba y el segundo de Nueva York. Otras son de danza, como *Carmen, Danzón, Bodas de Sangre, Flamenco* y *Tango*.

1. ¿Cuáles son las películas sobre las vidas de cantantes? _____

2. ¿Cuáles son las películas de baile? _____

3. ¿Cuáles son las películas sobre la vida de los grupos de músicos que tocan en bandas o conjuntos?

   _____

4. ¿Cuáles son unos de los famosos actores y músicos hispanos que actúan en estas películas? ¿Conoces a algunos no mencionados en la lectura?

   _____

5. ¿Cuáles películas son sobre la vida de los músicos latinos en los Estados Unidos?

   _____

6. ¿Cuáles son las películas sobre la vida real de unas personas que murieron trágicamente? ¿Cómo murieron?

   _____

7. ¿Cuáles de las películas en la lectura has visto? ¿Te gustaron? ¿Por qué?

   _____

Capítulo 5

Las comidas en la pantalla grande. Lee la selección y contesta las preguntas sobre tres películas muy "sabrosas".

La comida es un tema bastante común en las películas de los directores hispánicos. En la película mexicana *Como agua para chocolate* la protagonista Tita siempre está cocinando para todo el mundo. Una comida suya, "Codornices en pétalos de rosa (*quail in rose petals*)" causó una reacción amorosa tan fuerte en su hermana Gertrudis que ésta terminó saliendo de

Copyright © Houghton Mifflin Company. All rights reserved.

la casa dramáticamente con el amor de su vida. En *Mujeres al borde de un ataque de nervios*, una película del famoso director español, Pedro Almodóvar, la protagonista pone muchas píldoras tranquilizantes en un gazpacho y lo pone en el refrigerador. Cuando unos invitados beben este gazpacho y se duermen la situación es muy cómica. En la película *Discreto encanto de la burguesía*, una película francesa hecha por el famoso director español, Luis Buñuel, hay un grupo de personas que pasan toda la película tratando de comer pero siempre ocurre algo que interrumpe sus comidas. Es muy interesante verlos en su mundo falso donde no hacen nada de importancia, ¡ni comer!

1. ¿Cuál es un tema común en muchas películas en español? _____

_____

2. ¿En qué película comen cordornices? _____

3. ¿En qué película beben gazpacho? _____

4. ¿En qué película no comen? _____

5. ¿Por qué, crees tú, es la comida un tema de tanta importancia en estas películas? _____

_____

6. Describe una escena que recuerdes de una película donde la comida desempeñó un papel importante.

CAPÍTULO 6

La lengua de las mariposas.   Lee la selección sobre esta película española (conocida en inglés como *Butterfly*) y contesta las preguntas.

La película *La lengua de las mariposas* (1999) dirigida por José Luis Cuerda, y adaptada del cuento con el mismo título por Manuel Rivas, se enfoca en la vida de un niño Moncho y su maestro, Don Gregorio, en la escuela primaria durante la Guerra Civil española (1936–1939). Don Gregorio trata a Moncho con mucho cariño y muchísima paciencia, despertando en él un interés en el mundo, sobre todo en el mundo de los insectos. Hablan mucho sobre las mariposas y los dos tienen mucho amor por la naturaleza. El final es trágico, porque a causa de la política el niño tiene que fingir odio para su querido maestro para salvar su propia vida. Moncho le grita insultos a Don Gregorio cuando lo están llevando a la cárcel, preso por sus ideas políticas. Pero las últimas palabras de Moncho no son insultos; son los nombres en latín de los insectos, algo que trasciende la injusticia de una guerra civil.

1. ¿Durante qué época ocurre esta película?

_____

2. ¿Cómo se llama el cuento original de Manuel Rivas sobre el cual se basa la película?

_____

3. ¿Qué aprende Moncho de don Gregorio?

_____

Copyright © Houghton Mifflin Company. All rights reserved.

4. ¿Qué hace Moncho para salvar su propia vida?

_____

5. ¿Por qué llevan a don Gregorio a la cárcel?

_____

6. ¿Por qué, crees tú, que las últimas palabras que Moncho le grita su maestro son nombres en latín de los insectos?

_____

7. ¿Qué piensas que simbolizarán las mariposas en esta película?

_____

CAPÍTULO 7

Una Misión. Lee la selección y contesta las preguntas.

The Mission es una película sobre unos sacerdotes españoles que van a Latinoamérica para enseñarles la religión católica a los indígenas en la época colonial, hace unos doscientos cincuenta años. Pasan por muchas dificultades al construir su encampamento, pero se llevan muy bien con los indígenas. Sin embargo a las autoridades religiosas y políticas no les gusta la manera cristiana en la cual estos hombres tratan a los indígenas y destruyen el encampamento. La película tiene unas escenas inolvidables de la naturaleza latinoamericana, sobre todo de las cataratas, pero es trágica.

1. ¿Dónde tiene lugar la acción de la película?

_____

2. ¿Quiénes son los personajes principales?

_____

3. ¿Para qué están los sacerdotes en Latinoamérica?

_____

4. ¿Cuál es el problema que tienen los sacerdotes?

_____

5. ¿Qué aspecto visual es importante en esta película?

_____

6. ¿Por qué termina la película trágicamente?

_____

7. Si has visto esta película, describe tu escena favorita.

_____

   Copyright © Houghton Mifflin Company. All rights reserved.

Capítulo 8

El Norte. Piensas alquilar un video en español y tu amigo guatemalteco te recomenda una película llamada *El Norte*. Lee la selección sobre la película y contesta las preguntas.

En la película *El Norte*, un joven llamado Enrique y su hermana Rosa viajan a los Estados Unidos desde Guatemala para escaparse de la pobreza y de la violencia política, después de que su padre es asesinado por sus creencias políticas. Es un viaje muy difícil pero al final llegan y encuentran trabajo, aunque son ilegales. Él trabaja de camarero en un restaurante y ella trabaja en una fábrica de ropa. Pero desafortunadamente, él sufre de los celos de uno de sus compañeros chicanos cuando el jefe le da un muy merecido ascenso. El compañero lo denuncia a la inmigración y Enrique tiene que dejar el trabajo, corriendo para salvarse la vida. Mientras tanto, Rosa trabaja en una fábrica y cuando llega la migra, ella también tiene que huir del trabajo. Entonces su amiga arregla para que las dos puedan trabajar de criadas en la casa de una señora rica y simpática. Es divertido verlas tratando de usar la máquina de lavar con todos sus botones hasta que Rosa, desesperada con la tecnología moderna, termina lavando la ropa en la piscina de la casa como si fuera un lago natural de su propio país. El final de la película es trágico. Nos enseña muy bien las dificiltades que tienen los trabajadores ilegales en los Estados Unidos, aunque están aquí debido a peores condiciones y circunstancias en su país natal.

1. ¿Por qué viajan Rosa y su hermano a los Estados Unidos?

   _____

2. ¿Al llegar a los Estados Unidos qué trabajo tiene Enrique?

   _____

3. ¿Qué trabajo tiene Rosa al principio?

   _____

4. ¿Cómo terminan los primeros empleos de los dos hermanos?

   _____

5. ¿Por qué lava Rosa la ropa de la señora norteamericana en su piscina?

   _____

6. ¿Qué podemos aprender de esta película?

   _____

7. ¿Conoces otras películas sobre los inmigrantes en los Estados Unidos? ¿Cuáles son?

   _____

Copyright © Houghton Mifflin Company. All rights reserved.

CAPÍTULO 9

La medicina. Lee la selección sobre la película y contesta las preguntas.

Men with Guns (Hombres armados) es una película sobre el viaje de un médico jubilado a una selva tropical de Latinoamérica para visitar a sus antiguos estudiantes, que están trabajando allí como médicos para ayudar a la gente de los pueblos. En sus viajes descubre que la gente de los pueblos ha matado a casi todos sus estudiantes. Se da cuenta de que todo lo que les enseñó de nuestra cultura no ha ayudado a nadie y que fue la causa de la muerte de sus ex-alumnos. Es una película trágica sobre los peligros de la ceguera cultural y sobre el hecho de que la medicina norteamericana no es necesariamente la mejor.

1. ¿Por qué va el médico jubilado a Latinoamérica?

   _____

2. ¿Por qué no puede encontrar a sus antiguos estudiantes?

   _____

3. ¿De qué se da cuenta el médico jubilado?

   _____

4. ¿Crees tú que la medicina norteamericana es la mejor del mundo? Explica.

   _____

CAPÍTULO 10

Milagro en Roma. Tienes una amiga muy religiosa a quien le encantan las películas sobre la fe y los milagros. Lee esta selección sobre la película favorita de ella y contesta las preguntas.

Milagro en Roma es una película basada en un cuento del famoso autor colombiano Gabriel García Márquez. Se trata de una chica que murió cuando tenía siete años, pero cuyo padre nunca perdió la fe en Dios. Un día, después de doce años, el padre tiene que desenterrar a su hija y ve que su cuerpo muerto está como el día en que la enterró, sin ninguna señal de descomposición. El hombre cree que su hija merece ser beatificada por el Papa y viaja a Roma con ella en un ataúd para hablar con el Papa sobre el asunto. Después de mucha persistencia llega un milagro. ¡La hija vuelve a vivir! Es una película magnífica sobre el poder de la fe frente a la burocracia de la Iglesia. Está filmada en Colombia e Italia y termina dulce y alegremente.

1. ¿Quién escribió el cuento original que inspiró esta película?

   _____

2. ¿Qué le pasó a la niña cuando tenía siete años?

   _____

Copyright © Houghton Mifflin Company. All rights reserved.

3. ¿Qué pasó doce años después de la muerte de la niña?

_____

_____

4. ¿Por qué quería el hombre llevar el cuerpo de su hija muerta a Roma para mostrárselo al Papa?

_____

_____

5. ¿Cuál es el milagro de esta película?

_____

6. ¿Has experimentado tú alguna vez un milagro o sueñas con un milagro en el futuro? Descríbelo.

_____

7. ¿Te gustan las películas que terminan de una manera positiva? Explica.

_____

8. Si has visto *Milagro en Roma*, ¿qué piensas de la película? Si no, ¿la quieres ver? ¿Por qué?

_____

CAPÍTULO 11

Frida.   Tu amiga recomienda que mires el video de una película sobre Frida Kahlo, una artista mexicana del siglo XX (1907–1954). Lee la selección y contesta las preguntas para saber si debes seguir la recomendación de tu amiga.

Una película reciente llamada *Frida* es sobre la vida de Frida Kahlo desde antes de su accidente trágico hasta su muerte. Llegamos a entender su vida de artista y su vida de esposa de otro artista famoso Diego Rivera. Hay unas escenas maravaillosas en donde unos autorretratos de Frida se convierten en la artista delante de nuestros ojos. La actriz Salma Hayek desempeñá el papel de Frida y capta las excentricidades de esta artista fascinante.

1. ¿De qué se trata la película *Frida*?

_____

2. ¿De las vidas de quiénes aprendemos?

_____

3. ¿Qué efecto especial es impresionante en esta película?

_____

4. ¿Quién hace el papel de Frida en la película?

_____

Copyright © Houghton Mifflin Company. All rights reserved.

5. ¿Cuál es tu impresión de la vida de Frida?

_____

6. ¿Has visto la película _Frida_? ¿Quieres verla? Explica.

_____

Capítulo 12

Películas políticas. Piensas trabajar de voluntario/a en algún país de Latinoamérica y quieres saber más sobre su política. Un amigo tuyo recomienda que veas unas películas y para saber más de éstas, lee la siguiente selección y contesta las preguntas.

Hay muchas películas, la mayoría de ellas satíricas, sobre la política latinoamericana. Una por Luis Buñuel, es _La fiebre sube en El Pao (Fever Mounts at El Pao)_. Esta película se trata de un país ficticio en el Caribe donde hay mucha corrupción en el gobierno. El presidente del país termina asesinado y su viuda le ayuda a un joven idealista a tomar el poder, pero por medio de manipulaciones y engaño. Ella muere al final y él se queda totalmente desengañado y deprimido. Otra película, _Missing_, muestra también lo que pueden hacer los gobiernos para cubrir la realidad, aunque aquí es sobre la política norteamericana en Chile. En _La historia oficial_ una madre adopta a una hija pero descubre que sus padres fueron víctimas de un gobierno cruel y corrupto en el cual participó su propio marido. En _Moon Over Parador_ vemos a un actor (Richard Dreyfuss) que llega a tomar el papel de un presidente asesinado. Lo hace sencillamente porque lo puede imitar bastante para engañar al país, a pensar que su presidente sigue vivo, pero no los engaña a todos, como vemos a lo largo de la película. Todas estas películas ilustran la inestabilidad política latinoamericana de una manera seria o satírica.

1. ¿En qué película hacen un papel importante los Estados Unidos?

_____

2. ¿Cuál de estas películas utiliza el tema del doble para un líder?

_____

3. ¿Cuáles de estas películas abarcan los temas de idealismo y corrupción?

_____

4. ¿Cuál de éstas películas te gustaría ver / o has visto? Explica.

_____

5. Si tuvieras la oportunidad de dirigir una película sobre política o sobre un problema social, ¿qué filmarías? ¿Con qué actores? ¿Por qué?

_____

_____

   Copyright © Houghton Mifflin Company. All rights reserved.

ADDITIONAL RESOURCES

The following films and songs may be used as supplementary resources. Consult with your instructor about the appropriateness of some of these materials. Most of these titles can be found in libraries or on the Internet at places like Amazon.com, Barnes & Noble Super Stores, Borders, Facets, Films for the Humanities, Latin American Video Archives, and Tower Records. The American Association of Teachers of Spanish and Portuguese has a video lending library. Go to http://www.aatsp.org.

Capítulo 1: Pasatiempos y deportes

Canción:

La Macarena ("Mararena mix" by Latin Dance Club or "Macarena Non Stop" by Los del Río)

Películas:

Dance with Me
Danzón

Capítulo 2: Pueblos y culturas

Canciones:

Enrique Iglesias:

    Bailamos
    Cosas del amor
    Escape
    Enrique
    Enrique Iglesias
    Quizás
    Vivir

Películas:

Americanos: Latino Life in the United States.
    Songs by R. Blades, C. Cruz, T. Puente,
    Santana, and others.
Con ganas de triunfar (Stand and Deliver)
La línea del horizonte (Skyline)
No se lo tragó la tierra
El norte
Nueba Yol
Selena
El Súper

Capítulo 3: Familia y amistad

Canciones:

Las hijas del tomate:
    Las Ketchup

Linda Rondstadt:
    Canciones de mi padre

Películas:

El abuelo
Casa de Bernarda Alba
Como agua para chocolate
Cría
Doña Perfecta
Espíritu de la colmena
Flor de mi secreto
Jardín de las delicias
Mamá cumple cien años
Marcelino pan y vino
House of the Spirits

Capítulo 4: Cantos y bailes

Videos musicales:

Gloria Estefan:
    Don't Stop (DVD)
    Gloria Live
    Evolution
    Que siga la tradición (DVD)

Gipsy Kings:
    Tierra gitana

Copyright © Houghton Mifflin Company. All rights reserved.

Canciones:

Gloria Estefan:
Abriendo puertas
Alma caribeña
Mi tierra

Amaury Gutiérrez:
Piedras y flores

Ricky Martin:
Almas del silencio
La historia
Vuelve

Tito Puente:
Oye como va: The Dance Collection

Selena:
Amor prohibido
Selena Anthology: a 30 song retrospective
Siempre Selena
Ven conmigo

Shakira:
¿Dónde están los ladrones?
Laundry Service
Pies descalzos
Unplugged

Mercedes Sosa:
Escondido en mi país
Homenaje a Violeta Parra
Mercedes Sosa 30 años

Películas:

La Bamba
Buena Vista Social Club
Carmen
Danzón
Evita
Flamenco
The Mambo Kings
Selena
Tango

Capítulo 5: Sabores y colores

Canción:

Juan Luis Guerra:
Grandes éxitos, especially "Ojalá que llueva café"

Películas:

Como agua para chocolate
Mujeres al borde de un ataque de nervios

Capítulo 6: El medio ambiente y la ecología

Canciones:

De colores
Songs by *Maná*

Películas:

La lengua de las mariposas (Butterfly)
Un lugar en el mundo
Miel para Oshún

Capítulo 7: Pasado y presente

Películas:

Aguirre, the Wrath of God
Centinelas del silencio (Sentinels of Silence)
The Mission

Capítulo 8: Negocios y finanzas

Películas:

El Norte
Mala época

Capítulo 9: Salud y bienestar

Películas:

Hable con ella
Hombres armados
Todo sobre mi madre

Capítulo 10: Creencias y tradiciones

Canción:

Joan Baez:
Gracias a la vida

Copyright © Houghton Mifflin Company. All rights reserved.

Películas:

Milagro en Roma
The Mission
Romero
Santitos
Yo, la peor de todas (about Sor Juana Inés
    de la Cruz)

Capítulo 11: Arte y literatura

Películas:

The Adventures of Don Juan
Before Night Falls
Frida
Goya in Bordeaux

Capítulo 12: Sociedad y política

Canciones:

Rubén Blades:

  Buscando América
  Mundo
  Rubén Blades y seis del solar
  Salsa caliente de Nu York

Películas:

¡Ay Carmela!
Belle Epoque
Camila
Cartas del parque
Flor de mi secreto
Fresa y chocolate
La historia oficial
House of the Spirits

Documentary Series

(The following resources are documentary series
    on themes presented in chapters 1–12.)

Américas (this series features documentaries on
    different countries of the Americas, also
    accompanied by print materials in English)

El espejo enterrado / The Buried Mirror
    (available in Spanish or English and also in
    book form in both languages)

Distributors of Videos in Spanish

Useful Internet sources:

http://www.facets.org
http://www.amazon.com
http://www.bn.com (Barnes & Noble)
http://www.towerrecords.com (Tower Records)

Applause Learning Resources
85 Fernwood Lane
Roslyn, NY 11576
(516) 625-1145 • (800) 227-5287
fax: (516) 625-7392
applauselearning@aol.com
http://www.Applauselearning.com

Carlex, Inc.
1545 West Hamlin Road
Rochester, MI 48309
(248) 852-5422 • (800) 526-3768
fax: (248) 852-7142
carlexonline@earthlink.net • carlexonline.com

Embassy of Spain-Education Office
2375 Pennsylvania Avenue, NW
Washington, DC 20037
(202) 728-2335 • fax: (202) 728-2313
esther.zaccagnini.usa@correo.mec.es
http://www.sgci.mec.es/usa

FilmArobics, Inc.
9 Birmingham Place
Vernon Hills, IL 60061
(847) 367-5667 • (800) 832-2448
fax: (847) 367-5669
film@filmarobics.com
http:/www.filmarobics.com

Films for the Humanities and Sciences
PO Box 2053
Princeton, NJ 08543-2053
(800) 257-5126 • fax: (609) 275-3767
custserv@films.com • http://www.films.com

**Instituto Cervantes National Hispanic
    Cultural Center**
1701 4th St. South West
Albuquerque, NM 87102
(585) 724-4764
canalb@cervantes.es • http://www.cervantes.es

World of Reading Ltd.
P.O. Box 13092
Atlanta, GA 30324-0092
(404) 233-4042 • (800) 729-3703
fax: (404) 237-5511
polyglot@wor.com • http://www.wor.com

Copyright © Houghton Mifflin Company. All rights reserved.

AUTOPRUEBAS ANSWER KEY

Capítulo 1

Actividad 1: Definiciones.

1. un maratón
2. el alpinismo
3. el fútbol, el baloncesto
4. el videojuego
5. el backgammon, juego de chaquete

Actividad 2: Observaciones.

1. están
2. son
3. es
4. están
5. son
6. son

Actividad 3: Entrenamiento.

1. tiene
2. hacemos
3. voy
4. da
5. viene

Actividad 4: Sueño deportivo.

1. sueño
2. sigo
3. duermo
4. hago
5. corrige / pierdo
6. repetir
7. compito

Actividad 5: Deportes y deportistas.

1. a. se acuesta
2. a. lleva
3. a. quitan
4. a. duermen
5. a. vamos
   b. acuesta
   b. me llevo
   b. nos quitamos
   b. me duermo
   b. se van

Capítulo 2

Actividad 1: Definiciones.

1. un / una emigrante
2. la migra, la policía de la inmigración
3. la patria
4. la pobreza
5. el exilio

Actividad 2: La familia de Pablo.

1. decidió
2. salió
3. hizo
4. tomó
5. voló
6. recogieron
7. llevaron
8. pasó
9. consiguió
10. ahorró
11. dejaron
12. se reunieron

Actividad 3: Los inmigrantes.

1. era
2. estaban
3. se veían
4. tenían / sufrían
5. había

Actividad 4: La población hispana.

1. fue
2. apareció
3. podían
4. varió
5. aumentó
6. vivía
7. constituyeron
8. se reflejaba
9. tenía
10. cumplía
11. publicó
12. analizaba

Capítulo 3

Actividad 1: Definiciones.

1. el noviazgo
2. un divorcio
3. un viudo
4. el / la amigo / amiga
5. la boda

Actividad 2: Celebraciones.

1. Las organizan.
2. Se lo compró.
3. La celebran.
4. ¿Los invitaste?
5. Se la sirven.
6. Me lo regaló.

Actividad 3: Preferencias.

1. gusta
2. interesa
3. cayó
4. encantó
5. importa

Actividad 4: Comparaciones.

1. más grande
2. tanto como
3. la mejor

Capítulo 4

Actividad 1: Definiciones.

1. un coro
2. el / la conductor/a
3. un tambor
4. una canción, una composición
5. un conjunto

Actividad 2: ¿De dónde son los ritmos?

1. d   2. a   3. c   4. e   5. b

Actividad 3: Música para la familia.

1. regale
2. acompañe
3. consiga
4. seleccione
5. compremos
6. tenga

Actividad 4: Adjetivos demostrativos.

1. a. esta   b. estos
2. a. esos   b. esa
3. a. aquella   b. aquellos

Actividad 5: Pronombres demostrativos.

1. éste   3. aquélla
2. ésas   4. éstas

Capítulo 5

Actividad 1: Definiciones.

1. la ensalada
2. el helado
3. la salsa (picante)
4. el aperitivo
5. la receta

Actividad 2: Mandatos.

1. Ponga
2. Caliente
3. fría
4. Agregue
5. dórelos
6. Añada
7. Cocine
8. Sírvala

Actividad 3: Los preparativos.

1. Ve
2. Lava
3. Pica
4. (No) pongas
5. Acuérdate
6. (No) hagas
7. (No) prepares
8. (No) bebas

Actividad 4: Ideas contrarias.

1. Nunca debemos cenar a las seis.
2. ¡Debes comer algo ahora!
3. Hoy no puedes comer ni fruta ni helado.
4. No necesitamos ningún alimento nutritivo.
5. Nadie tiene que lavar los platos después de cenar.

Actividad 5: Cena con amigos.

1. pero   3. sino   5. pero
2. pero   4. sino que

Capítulo 6

Actividad 1: Definiciones.

1. la sobrepoblación
2. el bosque, la selva
3. la extinción
4. el ruido
5. la emisión de gases

Actividad 2: Es nuestro planeta.

1. viviremos
2. habrá
3. tendremos
4. vivirán
5. cuidaremos
6. dará
7. desfrutarán

Actividad 3: Noticias ambientales.

1. dijeron; cortarían
2. informaron; causaría
3. afirmaron; descubrirían
4. anunció; aumentarían
5. dijeron; deberíamos
6. indicó; construiría

Actividad 4: Cosas pequeñas.

1. agüita   3. cartoncito   5. pajarito
2. bosquecito   4. arbolito

Actividad 5: Cosas grandes.

1. tazona, tazota
2. botellona, botellota
3. ruidón, ruidote
4. casona, casota
5. peligrón, peligrote

Capítulo 7

Actividad 1: Definiciones.

1. el / la curandero/a
2. el / la astrónomo/a
3. cultivar, plantar
4. la cumbre
5. el logro

Actividad 2: Hoy y ayer.

1. Los arqueólogos están excavando en el Perú hoy. Ayer ellos no estaban excavando en el Perú.
2. Yo estoy leyendo sobre los mayas hoy. Ayer yo no estaba leyendo...
3. José María está clasificando objetos precolombinos hoy. Ayer él no estaba clasificando...
4. Tú estás construyendo un modelo de Tenochtitlán hoy. Ayer tú no estabas construyendo...
5. Nosotros estamos analizando códices antiguos hoy. Ayer nosotros no estábamos analizando...

Copyright © Houghton Mifflin Company. All rights reserved.

Actividad 3: *Pasado y presente.*

1. con	3. en	5. en; en; del
2. En; de	4. a; con	

Actividad 4: *Civilizaciones de las Américas.*

1. No, todavía no hemos traducido los códices al español, pero para mañana los habremos traducido.
2. No, todavía no he empezado mi curso sobre la civilización de los aztecas, pero para mañana lo habré empezado.
3. No, mi profesora todavía no ha hecho los planes para el viaje a Machu Picchu, pero para mañana los habrá hecho.
4. No, las arqueólogas todavía no han entrenado a los estudiantes graduados en métodos de excavación, pero para mañana los habrán entrenado.
5. No, todavía no he escrito mi trabajo sobre los mayas, pero para mañana lo habré escrito.

Capítulo 8

Actividad 1: *Definiciones.*

1. el salario, el sueldo
2. los anuncios clasificados
3. renunciar
4. la corporación, la empresa
5. el desempleo

Actividad 2: *Escándalo económico.*

1. hubiera	4. fueran, perdieran
2. despidieran	5. tuvieran
3. se quedaran; sufrieran	6. tomara; pasara

Actividad 3: *Carreras.*

1. la; el	4. los, los, las
2. el; no article necessary	5. el, el, el
3. las	

Actividad 4: *En el trabajo.*

1. b 2. a 3. b 4. a 5. a

Capítulo 9

Actividad 1: *Definiciones.*

1. una jaqueca	3. la SIDA	5. la depresión
2. el oxígeno	4. ronca	

Actividad 2: *Hoy por mí, mañana por ti.*

1. para	6. para	11. Para
2. por	7. por	12. por
3. por	8. para	13. por
4. por	9. para	
5. para	10. por	

Actividad 3: *Cuerpo y mente.*

1. b. quisieran; irían
   c. hubieran querido; habrían ido
2. b. Habría; educáramos
   c. Habría habido; hubiéramos educado
3. b. se me muriera; no podría reemplazarlo
   c. se me hubiera muerto; no habría podido reemplazarlo
4. b. estuviera; harías
   c. hubiera estado; habriás hecho
5. b. Estaríamos; corriéramos / anduviéramos
   c. Habríamos estado; hubiéramos corrido o (hubiéramos) andado

Actividad 4: *Momentos universitarios.*

1. termine; cene	4. corra
2. ganó	5. levantó; limitó
3. pierda	

Capítulo 10

Actividad 1: *Definiciones.*

1. el infierno	4. una pesadilla
2. el disfraz	5. un diablo
3. enterrar	

Actividad 2: *Tradiciones culturales.*

1. sepan; publiquen
2. muestre; enseñe
3. creyeran; se reunieran
4. estudien; hablen
5. diera; representara

Actividad 3: *Conexiones y culturas.*

1. Mi amigo, Rubén, va a celebrar Hanukah que es una tradición religiosa judía.
2. Moctezuma, quien (que) fue asesinado, fue el líder de los aztecas.
3. La santería es una religión africana en la cual cree el pueblo yoruba.
4. Mi prima asiste a una iglesia católica que está en la Calle San Miguel.

Copyright © Houghton Mifflin Company. All rights reserved.

5. Vamos a participar en una ceremonia religiosa musulmana que se llama Ramadán.
6. Los incas tenían una civilización muy avanzada cuya ciudad principal, Machu Picchu, es impresionante.

Actividad 4: *Entre familia.*

1. c   3. e   5. a   7. d
2. g   4. f   6. b

Capítulo 11

Actividad 1: *Definiciones.*

1. el / la crítico/a
2. la naturaleza muerta
3. la autobiografía
4. la sombra
5. la obra maestra

Actividad 2: *El pasar del tiempo.*

1. Hace dos meses que voy al teatro para ver un drama.
2. Hacía un año que Santana cantaba cuando recibió su primer premio.
3. Hace una semana que fui al cine con mis amigas.
4. Hace dos semestres que tomo cursos de arte centroamericano.
5. Hace un mes que vi *Hable con ella* de Pedro Almodóvar.

Actividad 3: *Acciones inesperadas.*

1. se me cayeron
2. se nos ocurrió
3. se le rompieron
4. se les olvidó
5. se le perdió

Capítulo 12

Actividad 1: *Definiciones.*

1. la dictadura
2. la violencia
3. las elecciones
4. el narcotráfico
5. el / la espía

Actividad 2: *Dilemas sociales.*

1. resuelto
2. electa
3. educados
4. abiertas
5. escrito

Actividad 3: *Situaciones.*

1. Los criminales fueron detenidos por la policía por violar a las jóvenes.
2. El pueblo es aterrorizado por el gobierno dictatorial.
3. La guatemalteca Rigoberta Menchú fue honrada por el Comité Nobel con el Premio Nobel de la Paz.
4. Las leyes del estado eran respetadas por los ciudadanos.
5. Dos copas de vino fueron bebidas por Juanita en la fiesta.

 Copyright © Houghton Mifflin Company. All rights reserved.